Esperando Bojangles

Olivier Bourdeaut

Esperando Bojangles

TRADUÇÃO
Rosa Freire d'Aguiar

autêntica contemporânea

Copyright © Finitude, 2016

Título original: *En Attendant Bojangles*

Todos os direitos reservados pela Autêntica Editora Ltda. Nenhuma parte desta publicação poderá ser reproduzida, seja por meios mecânicos, eletrônicos, seja via cópia xerográfica, sem a autorização prévia da Editora.

Cet ouvrage, publié dans le cadre du Programme d'Aide à la Publication 2016 Carlos Drummond de Andrade, a bénéficié du soutien de l'Ambassade de France au Brésil.

Este livro, publicado no âmbito do Programa de Apoio à Publicação 2016 Carlos Drummond de Andrade, contou com o apoio da Embaixada da França no Brasil.

Cet ouvrage a bénéficié du soutien des programmes d'aides à la publication de l'Institut Français.

Este livro contou com o apoio à publicação do Institut Français.

EDITORA RESPONSÁVEL
Ana Elisa Ribeiro

EDITORA ASSISTENTE
Rafaela Lamas

REVISÃO
Cecília Martins
Julia Sousa

CAPA
Diogo Droschi (sobre ilustração de Studiostoks Shutterstock)

DIAGRAMAÇÃO
Waldênia Alvarenga

Dados Internacionais de Catalogação na Publicação (CIP)
(Câmara Brasileira do Livro, SP, Brasil)

Bourdeaut, Olivier
  Esperando Bojangles / Olivier Bourdeaut ; tradução Rosa Freire d'Aguiar. -- 1. ed.; 1. reimp. -- Belo Horizonte : Autêntica Contemporânea, 2022.

  Título original: En Attendant Bojangles
  ISBN 978-85-513-0086-2

  1. Ficção francesa I. Título.

22-104058   CDD-843

Índices para catálogo sistemático:
  1. Ficção : Literatura francesa 843

Maria Alice Ferreira - Bibliotecária - CRB-8/7964

A **AUTÊNTICA CONTEMPORÂNEA** É UMA EDITORA DO **GRUPO AUTÊNTICA**

Belo Horizonte
Rua Carlos Turner, 420
Silveira . 31140-520
Belo Horizonte . MG
Tel.: (55 31) 3465 4500

São Paulo
Av. Paulista, 2.073 . Conjunto Nacional
Horsa I . Sala 309 . Cerqueira César
01311-940 . São Paulo . SP
Tel.: (55 11) 3034 4468

www.grupoautentica.com.br
SAC: atendimentoleitor@grupoautentica.com.br

*Esta é minha história verdadeira,
com mentiras pelo direito, pelo avesso,
porque a vida costuma ser assim.*

1

Meu pai me disse que antes do meu nascimento sua profissão era caçar moscas com arpão. Mostrou-me o arpão e uma mosca esmagada.

– Parei porque era muito difícil e muito mal pago – afirmou arrumando o antigo material de trabalho dentro de um baú laqueado. – Agora eu abro oficinas mecânicas, tem que dar duro, mas é muito bem pago.

No início do ano letivo, quando nas primeiras horas são feitas as apresentações, eu tinha falado, não sem orgulho, das profissões dele, mas me repreenderam gentilmente e zombaram de mim copiosamente.

– A verdade é mal recompensada, mas pelo menos dessa vez era uma mentira engraçada – lamentei.

Na verdade, meu pai era um homem da lei.

– É a lei que nos faz comer! – ele dizia e caía na gargalhada enquanto enchia o cachimbo.

Não era juiz, nem deputado, nem tabelião, nem advogado, não era nada disso. Era graças a seu amigo senador que ele podia exercer essa atividade. Sempre com informações direto da fonte sobre as novas disposições legislativas, metera-se numa nova profissão completamente inventada pelo senador. Novas normas, nova profissão. Foi assim que se tornou "abridor de oficinas mecânicas". Para garantir uma frota automobilística segura e saudável, o senador resolvera impor um controle técnico a todo mundo. Assim, proprietários de calhambeques, limusines, utilitários ou latas-velhas de todo tipo deviam mandar seu veículo fazer uma visita médica, para evitar acidentes. Rico ou pobre, todos deviam acatar a ordem. Então, necessariamente, como era obrigatório, meu pai faturava alto, altíssimo. Faturava a ida e a volta, a visita e a contravisita, e a julgar por suas gargalhadas aquilo era muito bom.

– Eu salvo vidas, eu salvo vidas! – ria com o nariz afundado nos extratos bancários.

Nessa época, salvar vidas dava muito dinheiro. Depois de ter aberto uma profusão de oficinas mecânicas, vendeu-as a um concorrente, o que foi um alívio para Mamãe, que não gostava muito de que ele salvasse vidas, pois para isso ele trabalhava muito, e não o víamos quase nunca.

– Trabalho até tarde para poder parar cedo – ele respondia, o que eu tinha dificuldade para entender.

Eu não costumava entender meu pai. Entendi-o um pouco mais com o passar dos anos, mas não totalmente. E era bom assim.

Ele me dissera que tinha nascido com aquilo, mas muito depressa eu soube que a marca acinzentada, levemente empolada, à direita de seu lábio inferior, e que lhe dava um belo sorriso meio torto, decorria de seu uso assíduo do cachimbo. Seu corte de cabelo, com o repartido no meio e onduladinhos de cada lado, me fazia pensar no penteado do cavaleiro prussiano do quadro da entrada. Fora o prussiano e meu pai, nunca vi ninguém penteado assim. As órbitas de seus olhos levemente fundas e os olhos azuis ligeiramente saltados lhe davam um olhar curioso. Profundo e cômico. Nessa época, sempre o vi feliz, e aliás ele costumava repetir:

— Sou um imbecil feliz!

Ao que minha mãe respondia:

— Acreditamos piamente em você, Georges, acreditamos piamente em você!

Cantarolava o tempo todo, mal. Às vezes assobiava, igualmente mal, mas, como tudo o que é feito de bom coração, era suportável. Contava belas histórias e, nas raras vezes em que não tinha convidados, ia debruçar seu corpo grande sobre minha cama para me fazer dormir. Com um revirar de olhos, com uma floresta, com um cabrito-montês, com um duende, com um caixão, ele enxotava todo o meu sono. Em geral eu acabava às gargalhadas, pulando na cama ou me escondendo, apavorado, atrás das cortinas.

— São histórias para perder o sono — ele dizia antes de sair do quarto.

E aí, também, eu podia acreditar piamente nele. Domingo à tarde, para se livrar de todos os excessos da semana, ele fazia musculação. Defronte do grande espelho de moldura dourada e com um grande e majestoso laço no alto, com o torso nu e o cachimbo no bico, movimentava halteres minúsculos, ouvindo jazz. Chamava a isso de "gym-tônica", pois às vezes parava para beber seu gim-tônica a grandes goles e declarava à minha mãe:

— Você deveria experimentar o esporte, Marguerite, garanto, é divertido e a gente se sente muito melhor depois!

Ao que minha mãe respondia, tentando, com a língua entre os dentes e um olho fechado, espetar a azeitona de seu martini com um guarda-chuva em miniatura:

— Você deveria experimentar o suco de laranja, Georges, garanto que depois acharia o esporte muito menos divertido! E faça-me a gentileza de parar de me chamar de Marguerite, me escolha um novo nome, senão vou começar a mugir como uma bezerra!

Nunca entendi direito por quê, mas meu pai nunca chamava minha mãe pelo mesmo nome mais de dois dias seguidos. Ainda que certos nomes a cansassem mais depressa que outros, minha mãe adorava esse hábito, e, toda manhã, eu a via na cozinha observar meu pai, segui-lo com um olhar risonho, o nariz mergulhado no caneco, ou com o queixo nas mãos, ouvindo o veredicto.

– Ah, não, você não pode fazer isso comigo! Renée não, hoje não! À noite temos convidados para jantar! – Ela caía na risada, e depois virava a cabeça para o espelho e cumprimentava a nova Renée, fazendo careta, a nova Joséphine, assumindo um ar digno, a nova Marylou, enchendo as bochechas.

– Para completar, não tenho rigorosamente nada de Renée no meu guarda-roupa!

Só um dia por ano minha mãe possuía um nome fixo. No dia 15 de fevereiro ela se chamava Georgette. Não era seu nome de verdade, mas se comemorava Santa Georgette no dia seguinte ao de São Valentim, o santo dos namorados. Meus pais achavam muito pouco romântico sentarem-se à mesa de um restaurante cercados de amores forçados, como se fosse uma obrigação. Então, todo ano, festejavam Santa Georgette aproveitando um restaurante deserto e só para eles. De qualquer maneira, Papai considerava que uma festa romântica só podia ter nome feminino.

– Faça a gentileza de nos reservar a melhor mesa, em nome de Georgette e Georges, por favor. Tranquilize-me: sobrou algum daqueles seus horrorosos doces em forma de coração? Não? Graças a Deus! – dizia ele ao reservar a mesa num grande restaurante. Para eles, a Santa Georgette não era, nem de longe, a festa das paixonites.

Depois da história das oficinas, meu pai já não precisava se levantar cedo para nos dar de comer, então começou a escrever livros. O tempo todo, muito. Ficava sentado em sua mesa grande, na frente do papel, escrevia, ria ao escrever, escrevia o que o fazia rir, enchia o cachimbo, o cinzeiro, a sala de fumaça, e de tinta o papel. As únicas coisas que se esvaziavam eram as xícaras de café e as garrafas de líquidos misturados. Mas a resposta dos editores era sempre a mesma: "É bem escrito, engraçado, mas não tem pé nem cabeça". Para consolá-lo dessas recusas, minha mãe dizia:
– Algum dia já se viu um livro com pé e cabeça? É algo que se saberia.
Nós achávamos muita graça nisso.

Meu pai dizia que ela tratava as estrelas com absoluta intimidade, o que me parecia esquisito, porque ela tratava todo mundo de modo cerimonioso, eu inclusive. Minha mãe também tratava com distância a grua-demoiselle, essa ave elegante e surpreendente que vivia no nosso apartamento e passeava ondulando o pescoço comprido preto, os tufinhos brancos e os olhos de um vermelho violento, desde que meus pais a trouxeram de uma viagem sei lá para onde, na vida deles de antes. Nós a chamávamos de "Mademoiselle Supérflua", pois aquela ave não servia para nada, a não ser para gritar muito alto sem razão, fazer pirâmides redondas de cocô no assoalho ou vir me acordar de noite batendo na porta do meu quarto com seu bico laranja e verde-oliva. Mademoiselle era como as histórias de meu pai, mas não perdia o sono, dormia de pé com a cabeça escondida debaixo da asa. Em criança, muitas vezes tentei imitá-la, mas era complicado à beça. Mademoiselle adorava quando Mamãe lia deitada no sofá e lhe acariciava a cabeça, horas a fio. Mademoiselle gostava de leitura, como todas as aves eruditas. Um dia, minha mãe quis levar Mademoiselle Supérflua à cidade, para fazer compras; então lhe confeccionou uma bela coleira de pérolas, mas Mademoiselle ficou com medo das pessoas e as pessoas ficaram com medo de Mademoiselle, que gritava como nunca. Uma velha com um dachshund chegou até a lhe dizer que era desumano e perigoso passear pela rua com uma ave de coleira.

— Pelos, plumas, qual a diferença? Mademoiselle nunca mordeu ninguém, e acho-a bem mais elegante do que a sua bolinha de pelos! Venha, Mademoiselle, vamos voltar para casa, esses indivíduos são realmente muito vulgares e grosseiros!

Voltava para o apartamento furiosa e, quando estava nesse estado, ia ver meu pai para lhe contar tudo nos mínimos detalhes. E, como sempre, só depois disso é que tornava a se alegrar. Costumava se irritar, mas nunca por muito tempo, e para ela a voz de meu pai era um bom calmante. No mais, extasiava-se com qualquer coisa, achava loucamente divertido o avanço do mundo e o acompanhava saltitando feliz. Não me tratava como adulto, nem como criança, mas como um personagem de romance. Um romance que ela adorava com ternura, e no qual mergulhava a todo instante. Não queria ouvir falar de amolações nem de tristeza.

— Quando a realidade for banal e triste, invente uma bela história para mim, você mente tão bem, seria uma pena nos privar.

Então eu lhe contava meu dia imaginário e ela batia palmas freneticamente, concluindo:

– Que dia, meu filho querido, que dia, fico muito contente por você, você deve ter se divertido muito!

Depois me cobria de beijos. Bicava-me, eu adorava ser bicado por ela. Toda manhã, depois de receber seu nome cotidiano, ela me entregava uma de suas luvas de veludo recém-perfumadas para que, durante o dia inteiro, sua mão me guiasse.

"*Certas feições de seu rosto mostravam as nuances de seu comportamento infantil, as belas faces redondas e os olhos verdes cintilando de desatenção. As presilhas nacaradas e coloridas que ela usava, sem coerência especial, para domesticar a cabeleira leonina lhe conferiam uma insolência travessa de estudante atrasada. Mas seus lábios carnudos, carmim, seguravam, milagrosamente suspensos, finos cigarros brancos, e seus cílios compridos avaliavam a vida, demonstravam ao observador que ela tinha crescido. Suas roupas levemente extravagantes e elegantes ao extremo, ou pelo menos algo na combinação delas, provavam aos olhares escrutadores que ela tinha vivido, que tinha a idade que aparentava.*"

Assim escrevia meu pai no seu caderno secreto que li mais tarde, depois. Se não tinha pé, ainda assim tinha uma cabeça, e não era uma qualquer.

Meus pais dançavam o tempo todo, em qualquer lugar. Com os amigos à noite, ou só os dois de manhã e de tarde. Às vezes eu dançava com eles. Dançavam com uns trejeitos realmente incríveis, atropelavam tudo no caminho, meu pai largava minha mãe no ar, agarrava-a pelas unhas depois de uma pirueta, às vezes duas, até mesmo três. Balançava-a sob suas pernas, fazia-a voar ao redor de si como um cata-vento, e quando a largava de vez, sem querer, Mamãe caía de bunda no chão e com o vestido parecendo uma xícara em cima de um pires. Sempre que dançavam eles preparavam uns coquetéis alucinantes, com guarda-chuvas, azeitonas, colheres e coleções de garrafas. Sobre a cômoda do salão, diante de uma imensa foto preta e branca de Mamãe pulando de vestido de baile numa piscina, havia um bonito e antigo toca-discos no qual girava sempre o mesmo elepê de Nina Simone, e a mesma música: "Mr. Bojangles". Era o único disco que tinha direito de girar no toca-discos, as outras músicas deviam se refugiar num aparelho de som hi-fi mais moderno e meio sem brilho. Realmente, essa música era uma loucura, era triste e alegre ao mesmo tempo, e deixava minha mãe num estado idêntico. Durava muito tempo mas sempre parava muito depressa, e minha mãe exclamava: "Vamos pôr de novo Bojangles!", batendo palmas vigorosamente.

Então era preciso pegar o braço e recolocar a agulha na beirinha. Só mesmo uma agulha de diamante para reproduzir uma música daquelas.

Nosso apartamento era muito grande, para receber o máximo de pessoas. No piso da entrada, os grandes ladrilhos pretos e brancos formavam um gigantesco tabuleiro de damas. Meu pai comprara quarenta almofadas pretas e brancas, e nós jogávamos grandes partidas na quarta-feira de tarde, diante do olhar do cavaleiro prussiano que servia de árbitro mas nunca dizia nada. Às vezes, Mademoiselle Supérflua ia perturbar o jogo, empurrando com a cabeça ou bicando as almofadas brancas, sempre as brancas, porque não gostava delas, ou gostava demais, não sabíamos, nunca soubemos por quê. Mademoiselle tinha segredos como qualquer pessoa. Num canto do hall, havia uma montanha de correspondência que meus pais tinham construído ao jogarem ali todas as cartas que recebiam, sem abri-las. A montanha era tão impressionante que eu podia me atirar em cima dela sem me machucar, era uma montanha alegre e macia que fazia parte da mobília. Às vezes meu pai dizia:

— Se não se comportar, vou mandar você abrir e organizar a correspondência!

Mas ele nunca fez isso, não era malvado. O salão era realmente uma loucura. Havia duas poltronas baixas vermelho-sangue, para que meus pais pudessem beber confortavelmente, uma mesa de vidro com areia de todas as cores dentro, um imenso sofá capitonê azul no qual era recomendado pular, conforme minha mãe me aconselhara. Ela costumava pular junto comigo, pulava tão alto que tocava na bola de cristal do lustre de mil velas. Meu pai tinha razão: se ela quisesse, de fato poderia ser íntima das estrelas. Na frente do sofá, em cima de uma velha mala de viagem cheia de adesivos de capitais, havia um pequeno televisor mofado que já não funcionava muito bem. Em todos os canais passavam imagens de formigueiros em cinza, preto, branco. Para puni-lo por seus programas ruins, meu pai tinha lhe posto um chapéu de burro. Às vezes me dizia:

— Se não se comportar, eu ligo a televisão!

Era um horror assistir à televisão horas a fio. Mas raramente ele fazia isso, realmente não era malvado. Sobre o guarda-louça, que ela achava feioso, minha mãe plantara uns pés de hera, que ela achava bonitos. Então o móvel se tornara uma planta gigantesca, o móvel perdia folhas e era preciso regá-lo. Era um móvel engraçado, uma planta engraçada. Na sala de jantar, havia de tudo para comer, uma mesa grande e muitas cadeiras para os convidados, e, claro, para nós, o que era o mínimo que se pedia. Para chegar aos quartos, havia um corredor comprido em que batíamos recordes de corrida, confirmados pelo cronômetro. Meu pai sempre ganhava e Mademoiselle Supérflua sempre perdia; a competição não era a especialidade dela, e de qualquer maneira tinha medo dos aplausos. No meu quarto havia três camas, uma pequena, uma média, uma grande, pois eu optara por manter minhas camas de antes, nas quais passara bons momentos, e assim tinha farta escolha, embora Papai achasse que minha opção parecesse um depósito. Na parede havia pendurado um pôster de Claude François vestindo um terno barato, que Papai transformara, com um compasso, em alvo de dardos, porque achava que ele cantava como um piano desafinado, mas, graças a Deus, dizia ele, a EDF* tinha acabado com tudo aquilo, sem que eu entendesse nem como nem por quê. Às vezes, devo reconhecer, era duro entendê-lo. O chão da cozinha era atulhado de todo tipo de vasos de plantas para fazer comida; mas quase sempre Mamãe se esquecia de regá-las e então havia folhas secas por todo lado. Mas quando lhe acontecia regá-las, sempre punha água demais. Os vasos se tornavam umas peneiras e, durante horas, a cozinha virava um rinque de patinação. Uma bagunça desgraçada, que durava o tempo necessário para a terra absorver o excesso de água. Mademoiselle Supérflua adorava quando a cozinha estava inundada, isso lhe lembrava sua vida de antes, dizia Mamãe, então ela sacudia as asas e estufava o pescoço,

---

* A Éléctricité de France é a companhia de luz e força francesa. O cantor pop Claude François (1939-1978) morreu eletrocutado na banheira, quando tentou trocar uma lâmpada cuja fiação estaria mal instalada. Na época, chegou-se a atribuir sua morte à EDF. (N.T.)

como qualquer ave contente. Do teto, entre as frigideiras e panelas, pendia um pé de porco seco, que era nojento de olhar mas muito bom de comer. Enquanto eu estava na escola, Mamãe preparava muitas coisas gostosas, que ela entregava a um cozinheiro, e ele as trazia sempre que precisávamos, e isso impressionava os convidados. A geladeira era muito pequena para todo mundo, então estava sempre vazia. Mamãe convidava uma multidão de gente para comer, a qualquer hora do dia: os amigos, certos vizinhos (pelo menos os que não temiam o barulho), os antigos colegas de meu pai, a zeladora, o marido dela, o carteiro (quando passava na hora certa), o quitandeiro do distante Magreb, mas que morava logo ali embaixo, na sua quitanda, e até mesmo, uma vez, um velho esfarrapado que cheirava mal mas mesmo assim parecia satisfeito. Mamãe vivia brigando com os relógios, então, às vezes, eu voltava da escola para lanchar e encontrava um assado, e outras vezes era preciso esperar o meio da noite para começar a jantar. Assim, esperávamos dançando e engolindo azeitonas. Acontecia de dançarmos demais antes de comer, e aí, tarde da noite, Mamãe começava a chorar para me mostrar como estava desconsolada, e me bicava me apertando com força em seus braços, com o rosto todo molhado e seu cheiro de coquetel. Era assim, minha mãe, e isso era muito bom. Os convidados riam muito e alto, e de vez em quando ficavam exaustos de tanto rir, então passavam a noite numa de minhas duas camas. De manhã, eram acordados pelos gritos de Mademoiselle Supérflua, que definitivamente não era a favor de gente que acordava tarde. Quando havia convidados, eu sempre dormia na cama grande e, assim, ao acordar, os via dobrados como acordeões na minha cama de bebê e rolava de rir.

Três noites por semana tínhamos um convidado. O senador deixava seu território do centro da França para as sessões no palácio. Meu pai o chamava carinhosamente de "O Lixo". Nunca soube como se conheceram, as versões divergiam em cada coquetel, mas, juntos, se divertiam loucamente. O Lixo usava um corte de cabelo chanel. Não um chanel de moça, pois tinha os cabelos curtos escovinha, mas com ângulos retos no alto; não apenas um corte chanel, mas um corte chanel em cima de uma fuça vermelha e redonda cortada no meio por um belo bigode, óculos de armação fina de aço presos em orelhas engraçadas com um formato de camarão. Ele me explicara que era por causa do rúgbi que suas orelhas pareciam camarões, eu não tinha entendido muito bem, mas, seja como for, decidi que o "gym-tônica" era um esporte menos perigoso que o rúgbi, pelo menos para as orelhas. A cartilagem esmagada tinha tomado a forma, a cor e o aspecto de um camarão, era assim, e azar o dele. Quando ria, seu corpo se sacudia aos solavancos, e como ria o tempo todo seus ombros sofriam um terremoto permanente. Falava alto, chiando como um rádio velho. Estava sempre com um enorme charuto, que nunca acendia. Segurava-o na mão ou na boca, quando chegava, e o enfiava no estojo, quando partia. Assim que cruzava a porta, começava a gritar:

– Caipirovska, Caipirovska!

Por muito tempo pensei que ele chamasse assim a sua namorada da Rússia, mas ela nunca aparecia, ao passo que meu pai, para fazê-lo esperar, lhe servia um coquetel gelado com hortelã dentro, e o senador ficava todo contente. Minha mãe gostava do Lixo, pois ele era engraçado, lhe fazia cascatas de elogios e nos permitira ganhar uma fábula de dinheiro, e eu gostava dele pelas mesmas razões, nem mais, nem menos. Durante as grandes danças noturnas, ele tentava beijar todas as amigas de minha mãe. Meu pai dizia que ele agarrava todas as oportunidades. Às vezes dava certo, e então ele ia agarrar as oportunidades no seu quarto. Alguns minutos depois, saía de lá, feliz e mais vermelho que nunca, berrando o nome da sua namorada da Rússia, porque devia sentir perfeitamente bem que havia algo estranho.

– Caipirovska! Caipirovska! – gritava alegre, enquanto ajeitava os óculos nas orelhas-camarões.

Durante o dia, ia trabalhar no Palácio do Luxemburgo,* que ficava em Paris mesmo, por motivos que eu custava a entender. Dizia que ia trabalhar até tarde, mas sempre voltava muito cedo. O senador tinha um estilo de vida curioso. Ao voltar, dizia que sua profissão era muito mais engraçada antes da queda do muro, porque se viam as coisas com muito mais clareza. Disso eu deduzi que tinha havido obras no seu gabinete, que tinham quebrado um muro e tapado as janelas. Era compreensível que voltasse cedo, aquelas não eram condições de trabalho, nem sequer para um lixo. A respeito dele, Papai declarava:

– O Lixo é meu amigo mais querido, pois sua amizade não tem preço!

E isso eu entendia perfeitamente.

Com o dinheiro das oficinas, Papai comprara um belo e pequeno castelo na Espanha, longe, no Sul. Um pouco de carro, um pouco de avião, mais um pouco de carro e muita paciência. Nas montanhas, ligeiramente acima de uma aldeia toda branca onde nunca havia ninguém de tarde

---

* Sede do Senado francês. (N.T.)

e muita gente de noite, o castelo só deixava visíveis as florestas de pinheiros, ou quase. Num canto à direita, havia terraços repletos de oliveiras, laranjeiras e amendoeiras que caíam certinho sobre um lago azul leitoso represado por uma barragem majestosa. Papai tinha me dito que era ele quem a construíra e que sem ela a água teria ido embora. Mas eu custava a acreditar, pois na casa não havia nenhuma ferramenta, então, não vamos exagerar, pensei. Não muito longe, havia o mar, e lá o litoral era cheio de gente nas praias, nos prédios, nos restaurantes, nos engarrafamentos, era surpreendente, de fato. Mamãe dizia que não entendia os veranistas que saíam das cidades para ir para outras cidades, ela explicava que as praias eram poluídas por pessoas que passavam óleo na pele para bronzear, mesmo se já fossem gordas e oleosas, e que tudo aquilo era muito barulhento e fedia muito. Mas isso não impedia de nos bronzearmos nas prainhas do lago, pequenas, do tamanho de um ovo, era muito mais legal. No telhado do castelo, havia um grande terraço com nuvens de jasmim que, para eles, tinham a vantagem de cheirar muito bem. A vista era realmente espetacular. E dava sede a meus pais, que bebiam vinho com frutas dentro, então a gente comia um monte de frutas, de dia, de noite, a gente bebia frutas, dançando. Claro, Mr. Bojangles viajava conosco, e Mademoiselle Supérflua ia nos encontrar mais tarde, íamos buscá-la no aeroporto porque ela gozava de um estatuto muito especial. Viajava numa caixa com um buraco dentro, de onde só saíam sua cabeça e seu pescoço, então, necessariamente, gritava muito, e ao menos desta vez tinha razão. A fim de comer frutas, dançar e se bronzear à beira do lago, meus pais mandavam buscar todos os seus amigos, que achavam que era realmente o paraíso, e não tínhamos nenhuma razão de pensar o contrário. Eu ia para o paraíso sempre que queria, mas sobretudo quando meus pais decidiam.

    Mamãe costumava me contar a história de Mr. Bojangles. Sua história era como a música: bela, dançante e melancólica. Era por isso que meus pais amavam os slows com o Senhor Bojangles, era uma música para os sentimentos. Ele vivia em Nova Orleans, embora tivesse sido muito tempo atrás, nos velhos tempos, e nisso não havia nada de novo. No início, viajava com seu cachorro e suas roupas velhas, pelo Sul de um outro continente. Depois, o cachorro morreu, e nada nunca mais foi como antes. Então ia dançar nos bares, sempre com as roupas velhas. Ele dançava, o Senhor Bojangles, dançava de verdade, que nem meus pais. Para que dançasse, as pessoas lhe pagavam cervejas, então dançava dentro de sua calça grande demais, pulava muito alto e caía de novo, bem devagarinho. Mamãe me dizia que ele dançava para trazer de volta seu cachorro, ela sabia disso de fonte segura. E ela, ela dançava para fazer o Senhor Bojangles voltar. Era por isso que dançava o tempo todo. Para que ele voltasse, simplesmente.

2

— Dê-me o nome que bem entender! Mas, por favor, divirta-me, me faça rir, aqui todas as pessoas são perfumadas de tédio! — ela afirmara, pegando no bufê duas taças de champanhe.

— Se estou aqui, é para encontrar meu seguro de vida! — ela proclamara antes de esvaziar de um só gole a primeira taça, com seus olhos, meio dementes, cravados nos meus.

E enquanto eu esticava ingenuamente a mão para receber a taça que imaginava ser destinada a mim, ela tomou o champanhe numa talagada, e depois, me olhando de cima abaixo e acariciando o queixo, me disse com uma insolência debochada:

— Com toda certeza você é o mais belo contrato desta recepção sinistra!

A razão deveria ter me incitado a fugir, a fugir dela. Aliás, nunca deveria tê-la encontrado.

Para festejar a abertura de minha décima oficina, meu banqueiro me convidara para um hotel cinco estrelas da Côte d'Azur, um festão de dois dias estranhamente chamado de "os fins de semana do sucesso". Uma espécie de seminário para jovens empreendedores cheios de futuro. Ao título absurdo se somavam uma assembleia lúgubre e colóquios de todo tipo, a cargo de sábios repugnantes de rostos amassados pelo saber e pelos dados. Como era frequente desde minha infância, eu matava o tempo inventando vidas junto a meus colegas de *seminário e suas esposas. Assim, na véspera, no jantar, já na entrada eu enveredara por meu parentesco com um príncipe húngaro, que tinha um longínquo antepassado que convivera com o Conde Drácula:*

— Contrariamente ao que nos querem fazer crer, esse homem era de uma cortesia e de uma delicadeza raras! Tenho em casa documentos que comprovam que o coitado sofreu uma campanha de calúnia sem par, guiada por uma baixa e torpe inveja.

Como sempre num caso desses, é preciso ignorar os olhares dubitativos e se concentrar nos mais crédulos à mesa. Uma vez captado o olhar do mais ingênuo, deve-se martelá-lo com detalhes de uma exatidão meticulosa, a fim de lhe arrancar um comentário que valide a história. Naquela noite, foi a esposa de um viticultor de Bordeaux que concordou com a cabeça, declarando:

— Eu tinha certeza, essa história era grosseira demais, monstruosa demais para ser verdade! É uma fábula!

Ela foi seguida pelo marido, que arrastou o resto da mesa, e então o jantar girou em torno desse assunto. Cada um acrescentava um detalhe que conhecia, dúvidas que sempre tivera, uns e outros se convenciam mutuamente, construindo um roteiro em torno da minha mentira, e no final do jantar ninguém ousaria admitir que acreditara um só segundo na história, porém verídica, do Conde Drácula, o Empalador. No almoço do dia seguinte, inebriado por meu sucesso da véspera, reincidi, com novas cobaias. Dessa vez eu era o filho de um rico industrial americano que possuía fábricas de automóveis em Detroit e cuja infância se passara em meio à barulheira das oficinas. Apimentei a história me atribuindo um autismo profundo que me deixara mudo até os sete anos. Conquistar os corações com um exercício de mitomania que toque a sensibilidade das vítimas é realmente o que há de mais fácil.

– Mas qual foi a sua primeira palavra?! – exclamou minha vizinha, diante de seu filé de linguado intacto e frio.

– Pneu! – respondi, sério.

– Pneu?! – repetiram juntos meus companheiros de mesa.

– É, pneu – tornei a dizer. – É incrível, não é?

– Ahhhh, mas é por isso que abriu oficinas mecânicas, tudo se explica, pensando bem, o destino é uma loucura! – encadeou minha vizinha na hora em que seu prato voltava para a cozinha tão cheio como ao chegar à mesa.

O resto do almoço foi dedicado aos milagres da vida, ao destino de cada um, ao peso da herança sobre a existência de todos, e saboreei, junto com meu conhaque de amêndoas, esse prazer louco e egoísta de monopolizar, por um instante, a atenção das pessoas com histórias sólidas feito um pé de vento.

Ia me despedir dessa bela assembleia – antes que minhas histórias malucas se esborrachassem no muro de confrontações, em volta da piscina, onde iam se encontrar todos os convidados – quando uma jovem, de cabeça emplumada, vestido branco e leve, braço enluvado, cotovelo levantado, segurando na mão inclinada um fino e comprido cigarro apagado, começou a dançar de olhos fechados. Enquanto a outra mão brincava com um xale de linho branco num frenesi de gestos que o transformava num parceiro vivo da dança, fiquei fascinado com a ondulação de seu corpo, com os movimentos ritmados de sua cabeça mexendo as plumas do penteado, e com aquele topete engraçado que volteava em silêncio. Alternando, ao sabor dos ritmos, entre a graça de um cisne e a vivacidade de uma ave de rapina, aquele espetáculo me deixara boquiaberto e petrificado, imóvel.

Pensei que fosse uma atração paga pelo banco para distrair os convidados, uma maneira de alegrar aquele coquetel mortalmente banal, distrair o mais possível pessoas muito tediosas. Observara aquele misto de cocota dos anos loucos com índia cheyenne sob a influência do peiote perambular saltitando de grupo em grupo, fazer os homens corarem de prazer diante de suas poses sugestivas e perturbar as mulheres pelas mesmas razões. Pegava braços de maridos sem pedir licença, fazia-os rodopiarem como piões antes de despachá-los de volta para suas esposas amargas de ciúmes e para o reencontro com suas tristes vidas. Não sei exatamente quanto tempo fiquei ali, no caramanchão, fumando meu cachimbo e pegando cada copo que o balé dos garçons de libré punha a meu alcance. Estava razoavelmente bêbado quando ela veio pousar seu olhar nos meus olhos tímidos e provavelmente vidrados. Os dela eram verde-mar, suficientemente abertos para tragar toda a minha originalidade e me fazer balbuciar uma série de palavras de uma trágica banalidade:

— Como é seu nome?...

— Tenho em casa um quadro que retrata um belo cavaleiro prussiano, pendurado acima da minha lareira, imagine que você se penteia igual a ele! Visitei a terra inteira e posso garantir que mais ninguém se penteia assim desde a guerra! Como faz para cortar o cabelo desde que a Prússia desapareceu?

— Meu cabelo não cresce, nunca cresceu! Saiba que nasci com este corte de cabelo desgraçado já há alguns séculos... Em criança, tinha uma cabeça de velho, mas quanto mais o tempo passa, mais meu penteado corresponde à minha idade. Aposto imensamente nas mudanças dos ciclos da moda para morrer com um penteado de último tipo!

— Estou falando sério! Você é a cópia perfeita desse cavaleiro por quem sou loucamente apaixonada desde a infância,

já me casei mil vezes com ele, pois, sabe, como o casamento é o mais belo dia da vida, resolvemos nos casar todos os dias, assim nossa vida é um paraíso perpétuo.

– Agora que me fala disso, lembro-me vagamente de uma campanha militar quando eu estava na cavalaria… Fizeram meu retrato depois de uma batalha coroada de sucesso. Fico radiante em saber que agora estou acima da sua lareira e que já me casei com você mil vezes.

– Você está caçoando, está caçoando, mas é verdade! Por motivos que compreenderá facilmente, o casamento ainda não foi consumado, portanto sou virgem. Não é por falta de dançar nua diante da lareira, mas, por trás de seu ar de guerreiro fogoso, meu pobre cavaleiro me parece bem desajeitado!

– Você me surpreende, pensei que uma dança como a sua pudesse fazer todo um exército se erguer! O seu militar se comporta como um eunuco. Falando nisso, de onde lhe vem esse maravilhoso talento para a dança e o movimento?

– Você me deixa constrangida, sou obrigada a lhe fazer mais uma confissão assombrosa. Imagine, meu caro amigo, que meu pai é o filho secreto de Josephine Baker!

– Em nome de Zeus, acredite em mim ou não, mas conheci muito bem Josephine Baker, estávamos no mesmo hotel em Paris durante a guerra.

– Não me diga que Josephine Baker e você… bem… entendemo-nos, não?

– Sim, ela foi se refugiar no meu quarto numa noite de bombardeios, uma bela noite de verão. O terror, o calor, a proximidade, não conseguimos resistir.

– Caramba, mas talvez você seja meu avô! Vamos festejar isso com um montão de coquetéis! – ela sugeriu, enquanto batia palmas para atrair um dos garçons.

Tínhamos ficado a tarde toda no mesmo lugar, sem mexer um milímetro, tínhamos um e outro rivalizado em matéria de absurdos, teorias estapafúrdias e definitivas, com ar sério e debochado, fingindo acreditar em nossas respectivas imposturas. Atrás dela, vi o sol se mover, iniciar seu lento e inelutável caminho para o crepúsculo – por um instante ele chegou a coroá-la – e, em seguida, ir se refugiar atrás dos rochedos, só nos distribuindo lindamente o halo generoso de astro escondido. Depois de esticar a mão várias vezes para pegar, desesperadamente, taças de champanhe que, de novo, eu imaginava serem destinadas a mim, resignara-me em me servir eu mesmo, e já que o costume dela exigia pegar duas taças ao mesmo tempo, passei a pedir meus uísques aos pares. Essa cadência infernal logo a levou a me submeter a um questionário às avessas: ela me afirmava, com a maior simplicidade do mundo, o que queria ouvir, incrementando suas palavras com uma expressão interrogativa ao final.

– Você está radiante de ter me encontrado, não está?
Ou então:
– Eu daria uma magnífica esposa, não acha?
E depois:
– Tenho certeza de que está pensando se tem meios para sair comigo, engano-me? Mas não se atormente, meu caro, para você eu baixaria o preço do ingresso, estou em liquidação até meia-noite, aproveite! – ela entoara, como uma feirante, balançando o busto para fazer o decote dançar.

Portanto, eu tinha chegado a esse momento tão particular em que ainda se pode escolher, esse momento em que se pode escolher o futuro dos próprios sentimentos. A partir dali, vi-me no alto do tobogã, ainda podia decidir descer pela escada, ir embora, fugir para longe dela, pretextando um imperativo tão falacioso como importante. Ou então podia me deixar levar, ir para o alto da rampa e escorregar com essa suave impressão de não ser capaz de decidir mais nada, não ser capaz de parar mais nada, confiar o destino a um caminho que não tracei, e, para terminar, enfiar-me num tanque de areias movediças, douradas e acolchoadas. Eu via muito bem que ela não estava totalmente lúcida, que seus olhos verdes delirantes escondiam falhas secretas, que suas faces infantis, meio bochechudas, dissimulavam um passado de adolescente ferida, que aquela bonita moça, aparentemente engraçada e realizada, devia ter uma vida pregressa atropelada e sofrida. Pensei que era por isso que dançava alucinada, para esquecer seus tormentos, simplesmente. Pensei bestamente que minha vida profissional era coroada de sucessos, que eu era quase rico, que eu era, afinal, um belo macho, e que podia facilmente encontrar uma esposa normal, ter uma vida assentada, todas as noites tomar um aperitivo antes do jantar e ir dormir à meia-noite. Pensei que também estava levemente atacado de loucura e não seria apropriado me enrabichar por uma mulher totalmente louca, que nossa união se aparentaria à de um perneta com uma mulher-tronco, que essa relação não podia senão claudicar, avançar tateando por improváveis caminhos. Eu estava recuando, covarde, tive medo daquele futuro desordenado, daquele perpétuo turbilhão do qual ela se propunha fazer uma liquidação, como num reclame, rebolando inflamada. E depois, sob as notas de uma música de jazz, passando em torno do meu pescoço sua estola de gaze, ela me puxou para si, violentamente, de um golpe, e nos vimos de rosto colado. Eu tinha me dado conta de que ainda me fazia perguntas a respeito de um problema que já estava resolvido, eu deslizava em direção àquela linda morena, eu já estava na rampa, tinha me lançado na bruma, sem sequer perceber, sem aviso nem clarim.

— *A natureza me chama, estou entupida de coquetéis, me espere, não se mexa nem um centímetro!* — *ela me suplicou, amassando nervosamente o longo colar de pérolas, enquanto os joelhos se entrechocavam impacientes diante dessa urgência natural.*

— *Por que iria me mexer? Nunca estive num lugar melhor em toda a minha vida* — *sosseguei-a com o dedo levantado para que um garçom matasse minha sede mais uma vez.*

E enquanto a observava dirigir-se para o toalete, com um andar apressado mas alegre, me vi cara a cara com minha vizinha de mesa. Ela parecia furiosa, bêbada e fora de si, gesticulava e me ameaçava com o dedo.

— *Então, quer dizer que você conhece Drácula!* — *berrava, enquanto ao redor os convidados se aproximavam.*

— *Não propriamente!* — *respondi totalmente tomado de surpresa.*

— *Você é autista e você é príncipe! Vem da Hungria, e depois dos Estados Unidos! Você é um louco! Por que mentiu para nós?* — *ela berrava enquanto eu ia recuando para me afastar.*

— *Esse cara é doente!* — *gritou um homem no grupo.*

— *Nada disso é incompatível!* — *resmunguei no beco sem saída de minhas mentiras.*

Então, percebendo que estava acuado, caí na risada, com um riso generoso e liberado.

— *Mas ele é realmente louco, continua a zombar de nós!* — *observou, muito justamente, minha acusadora, avançando.*

— *Não obrigo ninguém a acreditar em minhas histórias, elas lhes agradaram, vocês acreditaram! Joguei com vocês, e vocês perderam!* — *respondi, enquanto recuava perigosamente para a piscina, com um ar astuto, um copo de uísque em cada mão.*

Estava quase tocando na beira quando vi minha interlocutora voar abruptamente, decolar do chão, iniciar seu voo e depois, sem planar, enfiar-se com um estrondo dentro da água clorada.

– Peço-lhe que não me desculpe, estava com uma vontade louca de fazer isso! Este homem é meu avô, amante de Josephine Baker, um cavaleiro prussiano e meu futuro marido, ele é tudo isso ao mesmo tempo, e eu acredito nele.

O tempo de um coquetel, de uma dança, de uma mulher louca e com asas, me deixara louco por ela, convidando-me a partilhar sua demência.

3

Na escola, nada acontecia como previsto, mas realmente nada vezes nada, sobretudo para mim. Quando eu contava o que ocorria em casa, a professora não acreditava, e os outros alunos também não, embora eu mentisse pelo avesso. Era melhor assim, para o interesse geral e sobretudo para o meu. Na escola, minha mãe tinha sempre o mesmo nome, Mademoiselle Supérflua já não existia, o Lixo não era senador, Mr. Bojangles era apenas um disco bobo que tocava como todos os discos, e como todo mundo eu comia na hora de todo mundo, era melhor assim. Eu mentia pelo direito em casa e pelo avesso na escola, era complicado para mim, mas mais simples para os outros. Não havia só a mentira que eu dizia pelo avesso, minha letra também era invertida. Eu escrevia como "um espelho", a professora tinha me dito, embora eu soubesse muito bem que os espelhos não escreviam. A professora também mentia às vezes, mas ela tinha direito. Todo mundo pregava mentirinhas porque, para o sossego geral, isso era melhor que a verdade, e quando eu voltava da escola minha mãe me pedia para escrever todas as coisas que lhe passavam na cabeça, prosa, lista de compras, poemas água com açúcar.

– É maravilhoso, escreva meu nome de cada dia como num espelho, para a gente ver! – ela dizia com olhos cheios de admiração.

Depois guardava os papeizinhos na sua caixa de joias, porque, dizia:

– Escrever assim é como um tesouro, vale ouro!

Para que minha escrita ficasse no sentido certo, a professora tinha me mandado ver uma senhora que endireitava as letras sem nunca tocá-las e que, sem ferramenta, sabia consertá-las para recolocá-las na direção correta. Então, infelizmente para Mamãe, depois quase fiquei curado. Quase, porque, para completar, eu também era canhoto, mas a professora não podia fazer nada, e me disse que era o destino que me perseguia, que era assim, que antes do meu nascimento se prendia o braço errado das crianças para curá-las, mas que esse tratamento tinha terminado. Às vezes ela pregava mentiras que me faziam rir muito. A professora usava um bonito permanente, cor de areia, como se tivesse em cima da cabeça uma tempestade do deserto, e eu achava aquilo bonito. Também tinha um calombo na manga, e primeiro pensei que era uma doença, mas um belo dia de tempo feio, quando estava resfriada, vi a professora tirar o calombo da manga e se assoar com ele, e achei aquilo, de fato, repugnante. Mamãe não se entendia de jeito nenhum com a tempestade do deserto, por causa da minha letra, é claro, mas também porque a professora jamais me deixava partir para o paraíso quando meus pais assim decidiam. Preferia que eles esperassem as férias de todo mundo para viajar, dizia que já com a minha doença da escrita eu estava muito atrasado e que se viajasse o tempo todo ia deixar passar muitos vagões. Então minha mãe lhe dizia:

– Lá, as amendoeiras estão em flor, e afinal a senhora não vai querer que meu filho perca as amendoeiras em flor! É o equilíbrio estético dele que a senhora vai pôr em perigo!

Visivelmente a professora não gostava das amendoeiras, nem das flores, e se lixava para o meu equilíbrio estético, mas mesmo assim a gente viajava. Isso deixava a professora furibunda, era terrível, às vezes a coisa durava até minha volta. E já que era assim, eu ficava muito contente de ter viajado.

Para me reconciliar com a professora, realmente eu não sabia o que fazer, então um dia resolvi lhe prestar um serviço para ser perdoado pela escrita torta, pelas amendoeiras em flor e pelas férias no paraíso a qualquer momento. Como acontecia um monte de coisas na sala de aula quando ela virava as costas e ficava de frente para o quadro-negro, e como ela não tinha olhos nas costas, resolvi me tornar os olhos de suas costas. Eu denunciava tudo, todo mundo, o tempo todo. Os lançadores de bolinhas de papel amassado, os tagarelas, as trapaças, os macetes de cola, as caretas, e ainda muito mais. A primeira vez, que emoção! Realmente ninguém esperava por isso, então houve um grande silêncio constrangedor, a professora convocou o lançador de papel no final do dia e se esqueceu completamente de me agradecer. Nas vezes seguintes, parecia muito contrariada, então passava as mãos nos cabelos arenosos e tempestuosos para mostrar que estava constrangida, e depois, um dia, foi a mim que convocou. Começou perguntando em voz alta o que eu teria feito em 39. Então respondi, olhando para meus sapatos, que a questão não convinha, pois eu calçava 33, e se calçasse 39 provavelmente estaria um ano adiantado ou até na escola dos grandes. Quando estava zangada, a professora fazia perguntas de vendedora de sapatos, e fiquei pensando que a tempestade já não era só nos cabelos, mas também na sua cabeça. Depois me disse que eu tinha de parar de lhe prestar serviço, que prestar serviço assim era uma coisa que não se fazia. Ela não queria ter olhos nas costas, era uma opção sua, e tinha perfeitamente esse direito. Logo depois, tirou o calombo da manga e se assoou com ele, então lhe perguntei se era sempre o mesmo lenço. Como resposta, amassou com muita força a coriza dentro da mão, me pedindo aos gritos para sair da sala. Já no corredor, concluí que, além da coriza, realmente não havia nada a tirar daquela professora. Quando contei para minha mãe a história dos olhos nas costas, ela acreditou que era o meu dia imaginário e exclamou:

– A delação, que bela paixão! É perfeitamente perfeito, meu filho! Graças a você o mundo gira!

Mentir pelo direito, pelo avesso, às vezes eu realmente já não sabia como fazer.

Depois da escrita, a gente teve de aprender a ler a hora num relógio de ponteiros, e aí, então, foi de fato uma grande desgraça, porque eu já lia a hora no relógio do meu pai, com números que acendiam de noite; mas no relógio de ponteiros que não acendia nem de dia nem de noite era, para mim, impossível. Com certeza era um problema de luz, pensei. Não conseguir ler a hora era complicado, mas não conseguir ler a hora na frente de todo mundo era mais complicado ainda. Durante semanas inteiras houve relógios em todas as apostilas didáticas, que cheiravam a produto químico. E enquanto isso, os vagões passavam, constatava a professora.

– Se você não sabe ler a hora, vai, simplesmente, perder todo o trem! – ela disse para as outras crianças rirem nas minhas costas.

Também convocou minha mãe para lhe falar de meus problemas de transporte, esquecendo totalmente de lhe falar do número de seu sapato. Então minha mãe, que também tinha problemas de relógio, se irritou e retrucou:

– Meu filho já sabe ler a hora no relógio do pai dele, é mais que suficiente! Alguém já viu agricultores aprenderem a lavrar com um cavalo a tração depois da invenção do trator? Seria algo que se saberia!

A resposta tinha bom senso, mas, aparentemente, para a professora ela não ia na boa direção. Ela respondeu à minha mãe, berrando, que éramos uma família de doidos, que ela nunca tinha visto aquilo e que no futuro me deixaria assim, no fundo da sala, sem mais cuidar de mim.

"Justamente ao meio-dia, alguns segundos depois da campainha, enquanto o tique-taque de papel exigia ser decifrado, de olhos virados para a janela, com seus olhos assustados, nosso filho viu, aliviado, saindo do pátio enevoado pelas fumaças dispersas de sua locomotiva, o trenzinho da outra vida desaparecer em alta velocidade."

Depois de me tirarem da escola, meus pais costumavam me dizer que tinham me oferecido uma bela aposentadoria antecipada.

– Você é com certeza o aposentado mais moço do mundo! – dizia meu pai com aquele riso de criança que às vezes os adultos têm, pelo menos meus pais.

Pareciam encantados por me terem sempre ao lado, e eu já não estava angustiado por causa daqueles vagões que passavam e daqueles trens que eu sempre perdia. Abandonei, sem arrependimento, minha turma, minha professora de cabelo atormentado e seu falso câncer da manga. Meus pais não deixavam de ter ideias para me instruir. Para a matemática, me fantasiavam com pulseiras, colares, anéis, que me faziam contar para as adições, e depois me mandavam tirar tudo, até a cueca, para as subtrações. Chamavam isso de "algarismo-tease", e era divertidíssimo. Para os problemas, Papai me punha em situação concreta, como dizia. Enchia a banheira, tirava uns litros com uma garrafa, uma meia garrafa, e me fazia uma montanha de perguntas técnicas. Para cada resposta errada ele esvaziava a garrafa em cima da minha cabeça. Eram, em geral, uma grande festa aquática aquelas aulas de matemática. Inventaram um repertório de músicas para a conjugação, com gestos para os pronomes pessoais, e eu aprendia minha lição na ponta da língua, dançando de bom grado a coreografia do passado composto. De noite, ia ler para eles as histórias que tínhamos inventado e posto no papel durante o dia, ou fazer os resumos das histórias já escritas pelos grandes clássicos.

A vantagem da minha aposentadoria antecipada é que podíamos ir para a Espanha sem esperar todo mundo, e às vezes aquilo nos vinha como que uma vontade de fazer xixi, embora um pouco mais longa de preparar. De manhã, Papai dizia:

– Henriette, vamos fazer as malas, esta noite quero tomar o aperitivo defronte do lago!

Então jogávamos bilhões de coisas nas malas, era coisa voando para todo lado. Papai berrava:

– Pauline, onde estão minhas alpercatas?

E Mamãe respondia:

– No lixo, Georges! Ainda é lá que elas ficam melhores em você.

E Mamãe retrucava:

– Georges, não esqueça as suas besteiras, a gente precisa delas!

E meu pai respondia:

— Não se preocupe, Hortense, tenho sempre uma cópia comigo!

A gente sempre esquecia uns troços, mas em geral ficávamos nos torcendo de rir para fazer nossas malas, num abrir e fechar de olhos.

Lá longe, de fato, era muito diferente, a montanha também ficava se torcendo. Com a neve do inverno e camadas de neve endurecida no cume; com o avermelhado e o marrom do outono em cima das terras secas e dos rochedos; com as cores frutíferas da primavera sobre os terraços; e com o calor, os perfumes do verão, sufocados próximo ao lago no vale. Papai dizia que, com uma montanha como aquela, eu podia percorrer um ano inteiro em menos de um dia. Como partíamos quando nos dava na veneta, costumávamos ir dar na veneta quando as amendoeiras estavam em flor e voltávamos quando as flores das laranjeiras acabavam de cair. Nesse meio tempo, dávamos voltas pelo lago, pegávamos um bronzeadozinho sem óleo nas nossas toalhas, fazíamos uns churrascos imensos, recebíamos gente que bebia aperitivos com meus pais. De manhã, com o que sobrava nos copos, eu fazia saladas de frutas que transbordavam da saladeira. Os convidados exclamavam que, realmente, era la fiesta o tempo todo, e Papai respondia que a vida era boa assim.

Durante suas férias de verão parlamentares, o Lixo ia nos visitar, dizia que os senadores eram como as crianças, precisavam muitíssimo de repouso. Para mostrar que estava de férias, enfiava um belo chapéu de palha e ficava o dia todo de torso nu, o que era impressionante, tendo em vista o tamanho de sua barriga muito roliça e todos os pelos que havia ali em cima. Ele ficava sentado um tempão, no terraço, olhando a vista, comendo, bebendo frutas. Quando anoitecia, gritava o nome de sua namorada, e aquilo ecoava no vale todo: "Caipirovska aa aaaa aa!". Alegava que sua vida seria um pleno sucesso quando conseguisse equilibrar sobre a barriga um prato e os talheres, então comia e bebia o tempo todo, e realmente usava de todos os meios para ter sucesso na vida. No início da temporada, com o sol, ficava muito mais vermelho que de costume – Papai dizia que "aquilo ultrapassava o entendimento", o que devia ser, a meu ver, um vermelho muito forte, difícil de ultrapassar na gama dos matizes –, e depois, no correr de suas férias de verão parlamentares, o senador ficava completamente marrom. Quando roncava, eu adorava olhar sua barriga suando, sempre havia uns riachos minúsculos que corriam entre os pelos e terminavam no umbigo. O Lixo e eu, a gente brincava às pampas de "babador". Ele tinha inventado esse jogo especialmente para mim. Eu me instalava na sua frente, a gente escancarava a boca e um devia mandar para a boca do outro azeitonas recheadas com anchovas ou amêndoas salgadas. Tinha de mirar direitinho, porque anchova no olho arde, e sal também. Como aquilo durava um tempão, a gente sempre acabava se babando muito.

Quando Papai escrevia, o Lixo nos acompanhava pela montanha, a Mamãe e a mim. Sempre começava igual, ele andava longe na frente, dizendo que estava acostumado, graças às suas lembranças do exército, mas o alcançávamos quando suas lembranças se afastavam, e depois o deixávamos para trás quando ele já não tinha a menor lembrança e pingava por todo lado. Então o deixávamos num rochedo e íamos comer aspargos silvestres, figos-da-barbária, colher tomilho, alecrim, pinhões, e o buscávamos mais tarde, ao descer, quando ele já estava completamente seco. Acontecia-lhe ser sério, por exemplo, quando dava conselhos para a minha vida futura. Houve um que me impressionou muito, pois "cunhado com a marca do bom senso", ele dizia para sublinhar sua lógica e importância.

– Meu menino, na vida há duas categorias de gente que se deve evitar a todo custo. Os vegetarianos e os ciclistas profissionais. Os primeiros, porque um homem que se recusa a comer um bife ancho certamente deve ter sido canibal numa outra vida. E os segundos, porque um homem montado em cima de um supositório que molda grosseiramente seus testículos dentro de uma malha fluorescente para escalar de bicicleta uma encosta com certeza já não é bom da cabeça. Então, se um dia você cruzar com um ciclista vegetariano, um conselho, meu rapaz, empurre-o com toda força para ganhar tempo e corra a toda e para bem longe!

Agradeci imensamente seus conselhos filosóficos.

– Os inimigos mais perigosos são aqueles de quem a gente não desconfia! – declarei, agradecido.

Ele acabava talvez de salvar minha vida, e só por essa razão eu achava que aquilo merecia ser cunhado com a marca do bom senso.

Para o aniversário de Mamãe, enquanto meu pai e o Lixo saíam de barco de manhã cedinho para preparar os fogos de artifício sobre o lago, nós, de nosso lado, íamos fazer a feira, comprar bebidas, presunto, paella, lulas inteiras, lulas redondas como pulseiras, velas, sorvetes, doces e mais bebidas. Quando voltávamos, Mamãe me pedia para lhe contar histórias extraordinárias enquanto procurava a roupa adequada para sua festa de aniversário. Aquilo sempre durava horas, ela vestia as roupas, pedia minha opinião, que era sempre positiva, depois pedia a opinião do espelho, que sempre vencia o julgamento final, pois, como ela dizia:

– O espelho é mais objetivo, julga de verdade, às vezes cruelmente, mas sem nenhum toque afetivo.

Então ela trocava de roupa de novo, fazia suas roupas rodopiarem, dançava vestida só com a roupa de baixo, achava que estava perfeitamente perfeito, mas não de todo, e mais uma vez recomeçava, vestindo as mesmas roupas mas em ordem diferente. Do lago nos chegava o som ritmado dos preparativos, risos, gritos, às vezes berros:

– Assim não, Liii-ii-iiixo! – dizia o eco de Papai.
– Vamos afund-aaaaaar! – lhe respondia o do Lixo.
– Pare de esper-nee-aaaar! – suplicava meu pai.
– Tiiim-tiiiiiim! – cantavam em coro.

Como por encanto, Mamãe encontrava as roupas certas alguns minutos antes da chegada dos convidados. Era sempre assim, impressionante de fato. Mais o tempo de passar de novo o batom nos lábios e de pentear seus longos cílios, e ela recebia as pessoas com a graça natural de quem acordou assim. Sua aparência perfeita também era uma mentira, mas que esplêndida mentira. Esperando que caísse a noite, no terraço enfeitado de branco, as pessoas bebiam cumprimentando-se pelo bronzeado, pela roupa, pela esposa, e se felicitavam por aquele tempo incrível, pelo qual, porém, não eram responsáveis. Mademoiselle Supérflua, vestida com um colar de moedinhas feito sob medida, perambulava esnobe entre os convivas, e não hesitava em bicar uns pedacinhos de lula frita, respingando azeite nas calças que estivessem muito perto dela. Depois, quando o último pedaço de sol desaparecia atrás do alto da montanha, Bojangles ressoava, levado pelo ambiente graças à voz doce e quente de Nina Simone e ao eco de seu piano. Era tão bonito que todos se calavam para olhar Mamãe chorando em silêncio. Com uma das mãos, eu enxugava suas lágrimas, e com a outra segurava as dela. Em geral era em seus olhos que eu via os primeiros fogos espoucarem, depois do apito que dava a partida. Os primeiros buquês dispersando suas cores no céu pegavam a direção oposta, refletindo-se no lago. Esses fogos de artifício siameses deixavam todo mundo boquiaberto, pasmo, e depois, pouco a pouco, ouviam-se os aplausos; de início, tímidos como marolas, para não atrapalhar, depois, não paravam de se amplificar e se misturar com os estouros coloridos. Aquilo ribombava, estalava, crepitava, se esgarçava suavemente, antes de recomeçar a toda. No último tiro de canhão, aquele que subia mais alto, mais longe, mais forte, quando as lentejoulas de fogo se dispersavam caindo lentamente sobre o cobertor estrelado do lago, Mamãe me sussurrava:

– He jumped so high, he jumped so high, then he lightly touched down.

Então, íamos dançar.

4

— *Não me diga que você vai trabalhar de novo! Mas você vai se matar nessa função, meu pobre amigo! Que dia é hoje? – ela resmungou antes de largar o travesseiro para me agarrar.*

— *Quarta-feira, Eugénie, hoje é quarta-feira, e sempre trabalho na quarta-feira, como aliás todos os dias da semana – respondi como toda manhã, deixando-me agarrar de bom grado por seu corpo morno e meigo.*

— *Ah, sim, é verdade, você sempre trabalha na quarta-feira. Mas me tranquilize, essas idiotices não vão durar a vida toda, não é?*

— *Vão, creio que vão, talvez você ignore, mas é o pão de cada dia de muitos humanos! – respondi, e depois, com os dedos, tentei levantar suas rabugentas sobrancelhas franzidas.*

— *Então me explique por que o garoto do andar de baixo nunca trabalha na quarta-feira? – ela perguntou, erguendo-se sobre mim para mergulhar seus olhos inquisitivos no mais profundo dos meus.*

— *Porque é uma criança, querida, e as crianças não têm aula na quarta-feira!*

— *Eu deveria ter me casado com uma criança, melhor que com meu avô, minha vida teria sido muito mais agradável, pelo menos na quarta-feira – ela se desconsolava, antes de cair de lado.*

— *É, imagino, mas isso é errado, muito errado. Aliás, é proibido pela lei e pela moral.*

– Sim, mas pelo menos as crianças se divertem na quarta-feira, enquanto eu espero por você e me entedio! E por que o senhor do primeiro andar também nunca trabalha? Vejo-o todo dia sair com o saco de lixo, ao meio-dia, quando volto da mercearia. De olhos remelentos e cabelo desgrenhado, ele desce com seu lixo! Está sempre vestido em trajes de esporte, embora não deva praticar muito esporte, pois é gordo e redondo como um porco. Não me diga que ele também é uma criança, ou realmente vou pensar que você me toma por uma imbecil!

– Não, o senhor do primeiro andar é diferente, ele está desempregado, e imagino que também adoraria trabalhar na quarta-feira.

– Não tenho sorte, dei minha mão para o único cara que trabalha na quarta-feira – ela repetiu com ar aflito, a mão posta sobre os olhos fechados, para se esconder dessa horrível realidade.

– Se quiser se ocupar, tenho uma ideia...

– Estou vendo você chegar com suas ideias sórdidas, quer que eu comece a trabalhar! Eu lhe disse que uma vez tentei. Lembro-me perfeitamente bem, foi numa quinta-feira de manhã.

– É, eu sei, também me lembro perfeitamente. Você trabalhou numa floricultura e foi mandada embora porque se recusava a cobrar pelos buquês!

– Mas, afinal, em que mundo a gente vive? Não se vendem flores, as flores são uma coisa bonita e gratuita, basta se abaixar para colhê-las. As flores são a vida, e que eu saiba não se vende a vida! E, além disso, não fui mandada embora, fui embora sozinha, por espontânea vontade, recusei-me a participar dessa vigarice generalizada. Aproveitei o intervalo do almoço, fui embora com o maior e mais belo buquê algum dia confeccionado no mundo inteiro.

— É grande mérito seu conseguir aliar seus valores com um comportamento de ladrão. Já existiu um Robin Hood, e eu me casei com a Larápia das Flores! Mas estava pensando que, se você se recusa a ter um emprego, poderia ao menos ajudar o vizinho a encontrar um... Nossa caderneta de endereços transborda de gente importante, assim eu já não seria o único cara do prédio a trabalhar na quarta-feira.

— Mas é uma ideia maravilhosa, vou organizar um almoço para ajudar nosso vizinho a encontrar emprego! Será o grande almoço do emprego. Mas antes vou levá-lo para comprar um terno e sapatos, não é possível conseguir um emprego decente com roupas esportivas esburacadas e nos pés umas havaianas de plástico! — ela entoara, antes de transformar a cama em trampolim. Pulos de cabritos, aplausos, euforia. Para dizer o mínimo.

Desde nosso estrondoso encontro, ela sempre fazia de conta, com muito charme, que ignorava a realidade. Pelo menos, eu fazia de conta que acreditava que ela fazia isso de propósito, já que nela era muito natural. Depois do episódio da piscina, fugimos do cinco estrelas, deixando para trás nossa farsa, uma assembleia indignada e uma pobre megera se afogando. Dirigimos a noite toda, cantando uns tchibuns e uns gluglus, rindo como loucos.

— Vá mais depressa, senão as suas mentiras vão nos pegar! — ela berrava, em pé e com os braços levantados, no automóvel conversível.

— Não posso, o velocímetro está no máximo e o ponteiro da gasolina no mínimo, se continuarmos assim vamos nos espatifar contra a sua loucura!

Na entrada do vilarejo do Paradou, no meio dos Alpilles, o automóvel começou a estremecer lamentavelmente, como que implorando nossa piedade, depois morreu de vez, na frente de uma capela de portas vermelhas desbotadas com ferragens enferrujadas.

— Vamos nos casar imediatamente, senão, depois, vamos esquecer! — ela exclamou, saltando o portão com uma falta de jeito comovente mas altiva.

Nós nos casamos, sem testemunha, sem padre, proferindo mil orações inventadas. Diante do altar, cantamos batendo palmas como nos casamentos dos negros americanos. No pátio, dançamos ao som que escapava do rádio do carro, uma bela música de Nina Simone, uma música que ainda ressoa, a toda hora da noite e do dia.

Seu comportamento extravagante preenchera toda a minha vida, ele viera se aninhar em cada recanto, ocupava todo o quadrante do relógio, devorando cada instante. Acolhi essa loucura de braços abertos, depois os fechei para apertá-la com força e dela me impregnar, mas temia que uma loucura mansa como essa não fosse eterna. Para ela, o real não existia. Eu tinha encontrado um Dom Quixote de saias e botas, que, toda manhã, com os olhos recém-abertos e ainda inchados, pulava sobre seu pangaré, freneticamente lhe batia nos flancos e saía a galope para investir contra seus distantes moinhos cotidianos. Ela conseguira dar um sentido à minha vida, transformando-a numa balbúrdia perpétua. Sua trajetória era clara, tinha mil direções, milhões de horizontes, meu papel consistia em fazer a intendência seguir, em cadência, em lhe dar os meios de viver suas demências e não se preocupar com coisa nenhuma. Quando na África avistamos uma grua ferida à beira de uma trilha, ela desejou pegá-la para cuidar dela. Tivemos de prolongar nossa estada uns dez dias, e depois, uma vez a ave curada, ela quis trazê-la para Paris, mas não entendeu que era preciso obter certificados, cobri-los de carimbos, assinaturas, preencher montanhas de formulários para passar pela fronteira.

– Por que todas essas maluquices? Não me diga que toda vez que essa ave sobrevoa as fronteiras tem de preencher este formulário e deve aguentar todos esses funcionários! Até a vida dos pássaros é um calvário! – ela vociferara, exasperada, enquanto batia com o carimbo na mesa do veterinário.

Outra vez, durante um jantar, quando um convidado, que não tinha questionado nada, lhe explicava gentilmente que a expressão "um castelo na Espanha" era sinônimo de quimera, ela lhe propôs, com desafiadores olhos verdes, um encontro um ano mais tarde num castelo espanhol para tomar um aperitivo.

– Daqui a um ano certinho, beberemos champanhe no nosso castelo na Espanha! E posso lhe garantir que você é quem pagará a bebida!

Para ganhar a aposta, tivemos de voar para as Costas do Mediterrâneo todos os fins de semana seguintes, antes de pormos a mão numa imensa casa tendo ao alto uma torrinha com ameias, indolentemente chamada "el castel" pelos moradores do vilarejo vizinho. Essa vida exigia plena e total exclusividade, então, quando enfim lhe ofereci a criança que toda manhã ela encomendava, eu bem sabia que um dia seria preciso me separar de minhas oficinas mecânicas, liquidar tudo, para me dedicar totalmente à minha tarefa. Estava consciente de que sua loucura podia, um dia, descarrilar. Não era certo, mas, com um filho, meu dever era me preparar para isso, agora já não se tratava só do meu destino, um bebê iria se meter naquilo, a contagem regressiva talvez tivesse começado. E era em torno desse "talvez" que todos os dias dançávamos e fazíamos festa.

5

Foi algum tempo depois de um de seus aniversários que Mamãe começou sua metamorfose. "*Mal chegava a ser visível a olho nu, mas havia uma mudança de ar, de humor em torno dela. Não vimos nada, só sentimos. Nela, havia umas bobaginhas, em seus gestos, no piscar dos cílios, nos aplausos, um ritmo diferente. No início, para não mentir, não vimos nada, apenas sentimos. Pensamos que sua originalidade continuava a subir as escadas, que ela atingira um novo patamar. E depois, ela começou a se irritar mais regularmente, aquilo durava mais tempo, mas nada de alarmante. Aliás, continuava a dançar com a mesma frequência, sem dúvida com mais abandono e embalo, mas nada de preocupante. Bebia um pouco mais de coquetéis, às vezes ao acordar, mas a hora, a dose eram essencialmente sempre as mesmas, isso não mudava a ordem das coisas. Então, continuamos nossa vida, nossas festas, nossas viagens ao paraíso.*" Eis o que meu pai escreveu para contar o que tinha acontecido.

Foi a campainha da porta que revelou a nova natureza de minha mãe. Ou melhor, quem a tocou. Com as faces chupadas, a tez peculiar que só o trabalho de escritório consegue criar e um sentido do dever que já desbotara sua gabardine, o inspetor dos impostos e do fisco explicara a meus pais que tinham se esquecido de pagar havia muito tempo, havia tanto tempo que ele estava com um processo gordo debaixo do braço, porque sua memória não bastava. Então meu pai, sorrindo, encheu o cachimbo e depois foi buscar um talão de cheques no móvel da entrada, aquele acima do qual estava pendurado o quadro do cavaleiro. Mas o cachimbo de Papai caiu no momento em que o homem do imposto anunciou a quantia, acrescida de mais uns trocados para os retardatários. Só esses trocados eram algo gigantesco, a quantia então, era de derrubar. De derrubar fisicamente, pois Mamãe começou a empurrar furiosamente o homem dos impostos, que caiu uma primeira vez. Então Papai tentou acalmá-la, e depois levantou vigorosamente os impostos pela manga, desculpando-se como um bobo, mas sem dar na vista. Mas o senhor dos impostos tomou embalo, gaguejando:

– Vai ser preciso pagar agora! É bom para a sociedade pagar os seus, seus, seus… seus im, im, im, postos! Os senhores, os senhores, os senhores… ficam muito contentes em utilizar as pracinhas! São uns aproveitadores sem, sem… sem escrú, escrú, pulo!

Então Mamãe lhe respondeu com uivos de uma fúria inédita:

– Seu patife de uma figa, além de tudo nos insulta! Nós, cavalheiro, nós nunca vamos às pracinhas, não somos gente dessa laia! Às calçadas talvez, às pracinhas nunca! E além do mais, se é tão bom pagar impostos, dê-se este prazer! Basta ir pagar os nossos!

Enquanto Papai tentava reacender o cachimbo, observando, perplexo, minha mãe, ela agarrou o guarda-chuva ao lado da porta, o abriu e dele se serviu para expulsar os impostos porta afora do apartamento. Recuando no patamar, o senhor dos impostos gritou:

– Os senhores vão pagar caro por isso também, vão pagar tudo! Sua vida vai se tornar um inferno!

Então minha mãe, usando o guarda-chuva como escudo, fez o paladino do fisco despencar pelas escadas, e ele se agarrava no corrimão resmungando valentemente. Caía, se agarrava, derrapava, se reequilibrava. Mamãe submeteu o senso de dever do cavaleiro à dura prova. Por um breve instante cheguei até a vislumbrar sua longa carreira desfilando em seus olhos vermelhos e obstinados. Quando Papai conseguiu detê-la, pegando-a nos braços, ela já fizera o imposto descer vários andares. E depois de duas chamadas ameaçadoras pelo interfone, o senhor dos impostos e do fisco foi buscar em outro lugar, na casa de outras pessoas, dinheiro para suas pracinhas. Depois de nós três termos rido muito, Papai perguntou:

– Mas afinal, Hortense, o que lhe aconteceu? O que deu em você? Agora vamos ter grandes chateações...

– Mas já temos as chateações, meu pobre Georges! Sim, porque agora você é pobre, Georges. Nós todos somos pobres! É de uma banalidade, de uma simplicidade, de uma tristeza... Vamos ter de vender o apartamento, e então você pergunta o que deu em mim? Mas ora essa, Georges, eles pegaram tudo da gente. Vão tirar tudo da gente! Tudo, não temos mais um centavo... – respondeu. Depois, olhou febril ao redor para ter certeza de que o apartamento ainda era real.

– Que nada, Hortense, não perdemos tudo, vamos encontrar uma solução. Para já, no futuro teremos de abrir a correspondência, o que pode sempre ser útil! – declarou meu pai, com os olhos na direção da montanha de papel, e na voz como que um toque de arrependimento administrativo.

– Nada de Hortense! Hoje não! Roubaram até meu nome verdadeiro, eu nem sequer ainda tenho um nome... – ela soluçou, caindo sobre a montanha de correspondência.

– A venda do apartamento cobrirá amplamente nossa dívida, resta-nos o castelo na Espanha, que não é propriamente uma prisão para forçados! E, além disso, eu poderia recomeçar a trabalhar…

– Nem pensar, comigo viva você jamais voltará a trabalhar! Está me ouvindo? Jamais! – ela gritou, histérica, enquanto dava braçadas nas cartas, como faz com a água da banheira um bebê descontente e entregue ao desespero. – Não quero passar meus dias esperando por você, não posso viver sem você! O seu lugar é com nós dois… Nem um segundo, muito menos um dia! Aliás, me pergunto como fazem os outros para viver sem você – ela sussurrou, com a voz alquebrada e em soluços, passando de uma raiva pesada a uma tristeza surda em apenas algumas sílabas.

À noite, no meu quarto, contemplando as duas camas de que teria de me separar, fiquei pensando por que o senador não me alertara também contra os homens dos impostos. E se este fosse vegetariano e ciclista? Nem sequer ousei cogitar. Talvez tivéssemos escapado de algo bem pior, constatei com um arrepio de pavor, antes de perfurar Claude François com os dardos, com precisão, mas sem alegria.

Com os pedidos de recurso e chamando o Lixo para nos ajudar, conseguimos ganhar tempo. A venda do apartamento e a mudança não se fizeram imediatamente. Depois de seu choque fiscal, minha mãe recuperou o comportamento de antes. Bem, quase. Às vezes, em jantares, era sacudida por intermináveis acessos de riso e acabava encolhida debaixo da mesa, aplaudindo em cima do assoalho. Dependendo dos convidados ou dos assuntos tratados, os convivas juntavam seus risos ao dela, ou então não diziam nada, não riam, não entendiam. Nesses casos, Papai a levantava, sussurrando-lhe palavras para acalmá-la, enxugando com ternura, em seu rosto, as torrentes selvagens da maquiagem. Levava-a para o quarto deles e ficava lá o tempo necessário. Às vezes aquilo durava tanto que os convidados iam embora, para não atrapalhar. Ela tinha uns estranhos e tristes acessos de riso.

O problema com o novo estado de Mamãe era que, como Papai dizia, nunca se sabia em que momento íamos ter de entrar na dança. Nesse terreno, podíamos acreditar na palavra dele, porque era uma palavra de especialista. Semanas a fio ela não era atacada por nenhum acesso de riso triste, nenhuma raiva, tempo suficiente para que esquecêssemos esses desvarios, seus modos estranhos. Durante esses períodos, ela nos parecia mais adorável que nunca, e até mais formidável que antes, o que não era fácil conseguir, mas ela conseguia, brilhantemente.

O problema com o novo estado de Mamãe é que não havia agenda, hora fixa, ele não marcava encontro, desembarcava assim, como um mal-educado. Esperava pacientemente que o tivéssemos esquecido e retomado nossa vida de antes, e se apresentava sem bater, sem tocar campainha, de manhã, de noite, durante o jantar, depois de um banho, no meio de um passeio. Nesses casos, nunca sabíamos o que fazer e como fazer, mas depois de algum tempo já deveríamos estar acostumados. No caso de acidentes, há manuais que explicam os primeiros socorros, os gestos que salvam, mas ali não existia nada. A gente nunca se habitua a coisas assim. Então, Papai e eu sempre olhávamos como se fosse a primeira vez. Pelo menos nos primeiros segundos, e depois a gente se lembrava e olhava ao redor para ver de onde poderia ter vindo essa recaída. Não vinha de lugar nenhum, e era esse justamente o problema.

Também tivemos nossa dose de tristes acessos de riso. Durante um jantar em que um convidado não parou de dizer "aposto minha cueca" toda vez que afirmava alguma coisa, vimos Mamãe se levantar, levantar a saia, baixar a calcinha, tirá-la e jogá-la na cara do apostador, bem no meio do nariz. A calcinha voou, atravessou a mesa em silêncio e aterrissou no nariz dele. Foi assim que aconteceu, durante o jantar. Depois de um breve silêncio, uma senhora exclamou:

– Mas ela está perdendo a cabeça!

Ao que minha mãe lhe respondeu, depois de esvaziar o copo em um só gole:

– Não, senhora, não perco a cabeça, na pior das hipóteses perco minha calcinha!

Foi o Lixo que nos salvou do desastre. Começando a rir muito alto, arrastou consigo toda a mesa, e o drama do início se transformou numa simples história de calcinha voadora. Sem o riso do Lixo, ninguém teria rido, é verdade. Como os outros, Papai tinha chorado de rir, mas escondendo o rosto.

Outra vez, uma manhã, na hora do meu café, quando meus pais ainda não tinham ido dormir, quando certos dançarinos ainda se exercitavam no salão, produzindo uns sons engraçados, quando o Lixo dormia sobre a mesa da cozinha, com o nariz ao lado do charuto e o charuto encolhido dentro de um cinzeiro, quando Mademoiselle Supérflua fazia a ronda dos quartos para acordar os evadidos da noite, vi minha mãe sair nua do banheiro, empoleirada em seus sapatos de salto. Só a fumaça do cigarro vestia seu rosto, de forma irregular, e por instantes. Buscando as chaves no móvel da entrada, ela anunciou a meu pai, com a maior naturalidade, que ia sair para comprar ostras e um muscadet gelado para os convidados.

– Mas cubra-se, Elsa, vai pegar frio – ele lhe dissera, sorrindo preocupado.

– Você tem toda razão, Georges, o que eu faria sem você! Eu te amo, sabe? – ela respondeu antes de agarrar no cabideiro um chapéu de pele. Naturalmente.

Depois desapareceu, precedendo de poucos instantes o barulho do vento batendo a porta. Do balcão, meu pai e eu a observamos, andando com um passo imperial, o queixo conquistador, ignorando os olhares, domando as calçadas, jogando seu cigarro com um peteleco, limpando os sapatos no capacho, entrando na peixaria. Enquanto ela estava na peixaria meu pai lhe respondeu com atraso, cochichando, de olhos embaçados:

– Eu sei que você me ama, mas o que vou fazer desse amor louco? Que vou fazer desse amor louco?

Depois, quando Mamãe saiu da peixaria sorrindo para nós como se o tivesse ouvido, com uma bandeja de ostras no braço enquanto o outro apertava contra seus seios duas garrafas, ele suspirou:

– Que maravilha... Não consigo me privar dela... Decididamente, não... Essa loucura também me pertence.

Às vezes, ela se lançava em iniciativas alucinantes com um entusiasmo surpreendente. Depois o entusiasmo desaparecia, as iniciativas também, só restavam as surpresas. Quando começou a escrever seu romance, encomendou caixas inteiras de lápis, papel, uma enciclopédia, uma escrivaninha grande, um abajur. Instalou sua mesa, sucessivamente, diante de cada janela, para a inspiração, depois diante de uma parede, para a concentração. Mas, uma vez sentada, não tendo concentração nem inspiração, ficava furiosa, jogava o papel pelos ares, quebrava os lápis, batia na mesa com as palmas das mãos e apagava a luz. Seu romance chegara ao fim antes mesmo que um início de frase fosse rabiscado na tonelada de papel. Mais tarde, resolveu pintar o apartamento a fim de valorizá-lo para os futuros compradores. Encomendou latas de tinta até não mais poder. Pincéis, rolos, produtos tóxicos, um banquinho, uma escada, fita adesiva e rolos de plástico bolha para proteger o assoalho, os móveis, os rodapés. Depois de cobrir de plástico todo o apartamento e experimentar todas as cores de tinta, com pequenas pinceladas, em todas as paredes, desistiu, dizendo que aquilo não adiantava nada, que de qualquer maneira estava tudo perdido, que com ou sem pintura ele seria vendido. Semanas a fio nosso apartamento ficou parecendo uma imensa geladeira lotada de produtos em embalagens a vácuo e frios. Papai sempre tentava chamá-la à razão, mas ela fazia tudo com tamanha naturalidade, olhava para ele sem ver onde estava o problema, que ele desistia e observava, impotente, sua esposa desvanecer-se junto com seus projetos inconsequentes. O problema é que ela ia perdendo completamente a cabeça. Claro, a parte visível continuava em cima dos ombros, mas o resto, não se sabia para onde ia. A voz de meu pai já não era um calmante suficiente.

Foi durante uma tarde banal e comum que nossa vida virou fumaça. Uma fumaça cinza-chumbo e tóxica. Quando meu pai e eu fomos fazer compras do dia a dia, vinho, produtos de limpeza, pão, simples compras para a casa, ele quis a todo custo ir ao florista preferido de Mamãe.

— Madeleine adora os arranjos dele, que fica meio longe, mas a felicidade dela vale o desvio!

E o desvio foi longo, os engarrafamentos, a clientela numerosa e detalhista, nossa pesquisa meticulosa, o arranjo harmonioso, novamente engarrafamentos, uma vaga no estacionamento e, na nossa rua, uma nuvem. Da janela do nosso salão, no quarto andar, escapava uma coluna de fumaça espessa e cinza, escoltada por chamas virulentas que dois bombeiros, trepados em sua escada gigantesca, tentavam apagar. Antes de conseguirmos nos aproximar do caminhão e da gritaria das sirenes, tivemos de cruzar a multidão compacta de curiosos, que se mostrou irritada por ser incomodada assim, por gritos e cotoveladas, em plena atividade:

— Tenha calma! Não se empurra assim, garoto, e de qualquer maneira é tarde demais, não tem mais nada para ver! — aconselhou-me, seco, um velho que me bloqueava com o braço, quando eu tentava empurrá-lo para avançar.

Finalmente aceitou me deixar passar, aos berros, a fim de que eu soltasse seu polegar que estava entre meus dentes.

— Ah, flores! Vocês são um encanto! — exclamou Mamãe, deitada numa maca e coberta por um cobertor de papel dourado.

Seu rosto lambuzado de preto, de cinza, de poeira branca não parecia inquieto.

— Está tudo arranjado, meus amores, queimei todas as nossas lembranças, pelo menos isso eles não vão poder penhorar! Ulalá, estava um calor lá dentro, mas, bem, agora acabou! — ela declarou, enquanto fazia com as mãos uma coreografia confusa, contente consigo mesma.

Nos ombros nus havia coladas umas bolhas de plástico queimado.

— Agora acabou, agora acabou — meu pai lhe repetia, realmente não sabendo o que dizer além disso, enxugando a testa e a interrogando com o olhar, sem lhe fazer pergunta, sem lhe dar um nome.

Eu também não sabia o que dizer, então não dizia nada, contentando-me em bicar devagarinho, com silencioso afeto, suas mãos carvoentas.

O chefe dos bombeiros nos explicou que ela juntara no salão a montanha de correspondência e todas as fotos da casa; que pusera fogo naquilo tudo e que, com o plástico cobrindo do assoalho ao teto, nosso salão se transformara imediatamente num enorme caldeirão; que a encontraram calma, num canto da entrada, segurando um toca-discos e uma ave grande totalmente aflita. Que tinha sido queimada por tochas de papel crestado, mas que não era grave; que só o salão tinha sofrido, e o resto do apartamento estava intacto. Em suma, o bombeiro-chefe nos explicou que ia tudo quase bem. Embora isso precisasse ser provado.

As provas de que ia tudo quase bem, ninguém conseguiu nos trazê-las. Nem, por sinal, os policiais, que interrogaram longamente Mamãe, arrancando os cabelos diante de seu atrevimento que desarmava qualquer um e de suas declarações surpreendentes:

— Eu apenas destruí o que queria guardar para mim! Sem aquelas coberturas de plástico idiotas, nada disso teria acontecido!

— Não, não tenho nada contra os vizinhos, se quisesse queimá-los, teria incendiado o apartamento deles, não o meu.

— Sim, me sinto perfeitamente bem. Esse circo vai acabar logo? Que alvoroço por causa de uns papéis queimados!

Olhando-a sorrir e responder calmamente, Papai pegou minha mão para que eu não o deixasse cair. Seu olhar estava apagado. Na intenção de apagar tudo, molhar tudo, a passagem dos bombeiros também tinha abafado o fogo de seus olhos. Ele parecia cada vez mais o cavaleiro prussiano do quadro da entrada, seu rosto era jovem mas ligeiramente rachado, sua roupa era chique mas antiquada, era possível olhar para ele mas impossível lhe perguntar algo, parecia vir de outra época, sua época pessoal terminara, acabava de chegar ao fim.

A clínica também não nos deu nenhuma prova de que ia tudo quase bem. Só Mamãe é que considerava que tudo ia às maravilhas.

— Por que irmos para esse prédio deprimente agora à tarde, quando poderíamos dançar? O salão está destruído, mas poderíamos abrir espaço na sala de jantar! Vamos pôr Bojangles! O disco não está estragado! Está um dia tão bonito, vocês não têm outro passeio a me propor?

— Realmente, vocês não têm a menor graça! — ela resmungara antes de aceitar nos acompanhar.

Quando chegamos, diante do rosto preocupado do médico, ela lhe dissera:

— Pois é, meu pobre velho, não sei qual dos dois está melhor, mas se o senhor tiver uma tarde a perder eu o aconselharia a ir ver alguém! O senhor me dirá que conviver com doentes mentais o dia todo acaba deixando marcas! Nem mesmo o seu jaleco parece em bom estado!

Meu pai achou graça nessa observação, mas o médico, de jeito nenhum, e ele pediu, olhando para minha mãe com a cabeça enviesada, para ficar a sós com ela. A conversa durou três horas, durante as quais o cachimbo de meu pai não parou de fumar, e nós, de andar defronte do grande edifício deprimente. Ele me dizia:

– Você vai ver, este pesadelo vai acabar, vai dar tudo certo, ela vai recuperar a razão, e vamos retomar nossa vida! Ela continua com o mesmo humor, alguém tão engraçado não pode estar completamente perdido!

De tanto ouvi-lo repetir isso, acabei acreditando, e ele também; então, quando o médico pediu para lhe falar a sós, ele me deixou, dando-me uma piscadela. Uma piscadela que significava que breve o pesadelo teria terminado.

Aparentemente o médico não era da mesma opinião, e quando meu pai saiu de sua sala, olhando para o rosto dele eu logo soube que a piscadela tinha sido uma mentira involuntária.

– Eles vão ficar com a sua mãe, em observação, por algum tempo, é mais simples. Assim, quando ela sair estará completamente curada. Mais uns dias e tudo terá terminado, isso nos dá tempo de consertar os estragos do salão para a volta dela. Você escolherá a cor da tinta, você vai ver, a gente vai se divertir muito! – afirmou, embora seus olhos tristes e doces dissessem o exato contrário. Para ser bonzinho comigo, meu pai também era capaz de pregar mentiras pelo avesso.

6

Os médicos tinham nos explicado que era preciso protegê-la contra ela mesma para proteger os outros. Papai me dissera que só mesmo os médicos que cuidam de cabeça para dizer uma frase dessas. Mamãe estava instalada no segundo andar da clínica, o dos lelés da cuca. Para a maioria deles, a cuca estava se mudando, o juízo deles ia embora aos pouquinhos, e então esperavam calmamente o fim da mudança, comendo uns remédios. No corredor, tinha muita gente que parecia cheia e normal por fora, mas na verdade estava quase vazia por dentro. O segundo andar era uma gigantesca sala de espera para se ter acesso ao terceiro andar, o dos decapitados mentais. Naquele andar, os pacientes eram muito mais engraçados. Para eles a mudança tinha terminado, os remédios tinham levado tudo, só restavam loucura e vento. Quando Papai queria ficar a sós com Mamãe, para dançarem o slow dos sentimentos, ou fazer coisas que não interessam às crianças, eu adorava ir passear no andar de cima.

Em cima, havia Sven, meu amigo holandês, que falava dezenas de línguas na mesma frase. Sven tinha uma boa cabeça, tinha um dente esquisito bem na frente, que ameaçava cair a todo instante e o fazia soltar um monte de perdigotos. Sven tinha sido engenheiro na sua vida de antes, por isso é que anotava toneladas de estatísticas no seu caderno escolar. Era apaixonado por um monte de coisas importantes. Por exemplo, marcava os resultados dos jogos de polo, havia anos, podia-se perguntar tudo a ele, que vasculhava no caderno e encontrava milagrosamente os resultados, rabiscados num canto de papel. Era impressionante. Também se interessava pela vida dos papas e, aí, era a mesma coisa, dava a nacionalidade, as datas de nascimento, a duração do reinado… Sven era um verdadeiro poço de conhecimento. Os remédios tinham se esquecido de mudar um aposento abarrotado de coisas que havia dentro da cabeça dele. Mas se tinha uma coisa que Sven amava acima de tudo, era a música francesa. Sempre passeava com seu walkman pendurado na cintura e os fones em volta do pescoço, era um verdadeiro jukebox ambulante. Quando cantava, eu me afastava um pouco, porque sempre tinha medo de que seu dente se soltasse e ele me cuspisse o dente na cara. Cantava bem e muito alto, punha naquilo todo o seu coração e salivava de felicidade. Uma vez, até cantou Claude François, uma história de martelo, e aí eu entendi por que Papai o tinha transformado em jogo de dardos, realmente não era humano cantar coisas assim. Se eu tivesse um martelo, quebraria o walkman de Sven para que ele parasse com aquela musiquinha malvada. Fora isso, eu gostava muito das músicas de Sven, e nunca me cansava de ouvi-lo cantar, sobretudo quando ele esticava os braços para, ao mesmo tempo, fingir que era um avião. Dava realmente vontade de decolar junto com ele. Sven era mais alegre sozinho do que todos os doutores e as enfermeiras juntos.

Também tinha Bolha de Ar. Fui eu que a apelidei assim, porque toda vez que eu lhe perguntava seu nome ela não respondia. Portanto, eu tinha de lhe encontrar um nome, todo mundo tem direito a um nome, ou pelo menos a um apelido, era melhor para as apresentações, e decidi por ela. Por isso Bolha de Ar; era muito simples, os comprimidos tinham mudado tudo, não tinham esquecido nem um caixote. Era decapitada mental em expediente integral. Segurava nas mãos o plástico bolha das mudanças e passava os dias a estourar as bolhas, olhando para o teto e engolindo pílulas. Tomava os remédios pelo braço porque já não tinha muito apetite. Seu braço conseguia engolir litros sem engordar um grama, era realmente uma mulher curiosa. Uma enfermeira me disse que, antes da mudança, Bolha de Ar tinha feito umas coisas feias na vida e que os comprimidos impediam que seus maus demônios tornassem a povoar seu cérebro. Estourava as bolhas porque tinha um monte de ar na cabeça, portanto, assim estava sempre no seu elemento. Quando eu não aguentava mais ouvir as músicas de Sven, ia olhar para o teto com Bolha de Ar, ouvindo o clac-clac do plástico, era muito relaxante. Às vezes, Bolha de Ar deixava seu ar escapar por todo lado, e de fato a gente tinha de sair correndo, pois para isso não existia remédio.

Volta e meia Bolha de Ar recebia a visita de Iogurte, um cara engraçado que se achava presidente. Não fui eu que o apelidei assim, mas o pessoal da clínica, pois ele transbordava por todo lado, era todo mole que nem queijo branco, de fato a gente tinha a impressão de que ele ia escorrer ali mesmo. Seu cérebro se mudara, mas os remédios tinham levado um outro para lá, novinho em folha. Iogurte tinha umas verrugas plantares esquisitas no rosto e sempre umas migalhas de biscoito em volta da boca, era repugnante. Para esconder a grande feiura, lustrava e eriçava os cabelinhos tingidos puxados para trás, talvez pensasse que era chique ter uma asa de corvo colada na cabeça. Ia regularmente ver Bolha de Ar, e na clínica todo mundo dizia que nutria sentimentos por ela. Ficava horas olhando-a gorjear e estourar as bolhas, falando-lhe de seu cargo de presidente. Começava todas as frases dizendo eu, eu, eu, eu, no final era exaustivo. Nos corredores, apertava todas as mãos com um ar seriamente cômico, para ganhar votos. Na sexta-feira à noite, fazia reuniões para falar de sua profissão, e depois organizava eleições com uma caixa de papelão, o que criava muita animação, embora ele fosse sempre eleito, porque era sempre o único candidato. Sven contava as cédulas e marcava tudo no caderno, em seguida cantava os resultados antes que Iogurte subisse numa cadeira para fazer seu discurso com cara de vencedor. Papai dizia que ele tinha o carisma de um banquinho de cozinha, mas no final das contas todo mundo gostava muito dele. Era ridículo como presidente, mas não era malvado como paciente.

No início, Mamãe se aborrecia para valer no segundo andar, dizia que, se era para ser louco, melhor se enfiar no andar de cima. Achava deprimentes seus vizinhos de andar e lamentava que nem mesmo os remédios os tornavam divertidos. Seu estado era variável, podia nos receber adoravelmente comportada e ficar histérica na hora da nossa saída. Às vezes era o inverso e era complicado tolerar, precisávamos esperar pacientemente que ela se acalmasse, o que podia demorar um tempão. Enquanto isso, Papai sempre mantinha o mesmo sorriso, que eu achava forte e sereno, mas em seus maus momentos minha mãe o achava irritante. Era mesmo muito complicado viver coisas assim.

Felizmente ela conservara o senso de humor, e volta e meia imitava seus vizinhos, fazendo caretas, falando em câmera lenta e andando arrastando os pés. Numa tarde, quando chegamos, a encontramos em grandes conversas com um baixinho careca que contorcia as mãos enquanto olhava para os próprios pés. Ele era surpreendente, seu rosto era todo amassado e seu crânio, todo liso.

– Georges, você chegou na hora certa! Apresento-lhe meu amante, ninguém diria, mas é um amante fogoso quando quer! – ela exclamou, acariciando o crânio de seu interlocutor, que começou a rir muito alto balançando a cabeça.

Ao que Papai respondeu, aproximando-se para lhe apertar a mão:

– Obrigado, meu caro amigo, vou lhe propor um negócio, você cuida dela quando ela gritar, e eu me encarrego dela quando sorrir! Você será o grande vencedor, pois ela passa muito mais tempo gritando do que sorrindo!

Mamãe caiu na gargalhada, Papai e eu também, e o careca nos seguiu, rindo ainda mais alto.

– Ande, se arranque, seu louco de pedra, e volte daqui a uma hora, nunca se sabe quando me dará vontade de gritar – ela retrucou em direção ao careca, que saiu do quarto rolando de rir.

Outra vez, recebeu-nos com a cabeça inclinada e os braços pendendo da cadeira, babando muito. Papai caiu de joelhos na sua frente, berrando para chamar uma enfermeira, mas um instante depois ela se endireitou, estourando numa risada infantil. Dessa vez só ela riu da própria farsa, pois Papai de fato ficou lívido, eu comecei a chorar como um bebê, e não achamos nem um pouco divertido. Fiquei com tanto medo que me enfureci. Disse a ela que não se faziam brincadeiras assim com as crianças. Então ela começou a me bicar e a se desculpar, e Papai me disse que a minha raiva era saudável e inteligente.

Com o tempo, Mamãe se tornou a dona do segundo andar. Regia tudo com bom humor, dando ordens, distribuindo honrarias, escutando as queixas e as pequenas desgraças, dispensando seus conselhos a qualquer hora. Tanto assim que um dia Papai lhe levou uma coroa de papelão, daquelas de brinde de biscoitos, mas ela a recusou, e exclamou rindo:

– Sou a rainha dos loucos, traga-me de preferência uma peneira ou um funil. Cada um com seu reino, cada um com seu poder!

Toda a corte desfilava em seu quarto, era um ritual. Havia os homens apaixonados que passavam para lhe levar desenhos, chocolates, poemas, buquês de flores do jardim, às vezes com as raízes, ou simplesmente para vê-la falar. O quarto de Mamãe se transformou em museu em miniatura e em bagunça gigantesca, havia de tudo por todo lado. Alguns vestiam terno para ir visitá-la, era comovente, dizia Papai, que não tinha o menor ciúme dos loucos. Quando entrávamos no quarto, ele batia palmas e todos os apaixonados davam no pé, alguns baixando a cabeça, outros se desculpando.

– Até mais tarde, meus amores! – dizia Mamãe, gesticulando como quem dá adeus de um trem.

E também havia as mulheres, eram menos numerosas, em geral iam tomar chá e ouvir Mamãe lhes contar sua vida de antes. Sempre soltavam exclamações, fazendo ohhhh, ahhhh de olhos arregalados, porque a vida de Mamãe bem que merecia. Até as enfermeiras se desdobravam em pequenas atenções com ela; ao contrário dos outros, podia escolher suas refeições, apagar a luz quando quisesse e até fumar no quarto, mas só de porta fechada. Com tudo isso, pensávamos que estivesse melhorando e esquecíamos que, no mesmo momento, uma outra mudança devia acontecer.

Não era apenas a cabeça de Mamãe que se mudara, nosso apartamento também devia seguir o mesmo tratamento. Essa mudança era quase igualmente deprimente. Era preciso arrumar séculos de lembranças dentro de caixotes, selecioná-las e às vezes jogá-las no lixo. Realmente, era o mais duro, botar as coisas no lixo. Papai tinha encontrado um apartamento para alugar, na mesma rua, mas muito menor, e por isso tivemos de encher uma enormidade de sacos de lixo. O Lixo veio nos ajudar, mas, ao contrário do que seu apelido dava a entender, ele não era bom nisso, às vezes até tirava objetos de dentro dos sacos e nos repreendia:

– Vocês não podem jogar isto fora, isto ainda pode servir!

Então desfazia o trabalho que tínhamos feito a duras penas, era difícil porque precisávamos pôr as coisas uma segunda vez no saco e lhes dizer adeus uma segunda vez. Não podíamos guardar tudo, não havia espaço suficiente no outro apartamento, era matemático, dizia Papai, que conhecia bem isso. Até eu tinha entendido, havia muito tempo, que não era possível fazer com que toda a água de uma banheira entrasse numa garrafa de plástico. Era matemático, mas para o senador isso não parecia cunhado com a marca do bom senso.

Desde a internação de Mamãe, Papai se mostrara muito corajoso, sempre sorria, passava muito tempo comigo, brincando, falando, continuava a me dar aulas de história, de arte, me ensinava espanhol com um velho gravador e cassetes que ronronavam ao rodar. Chamava-me de señor e eu o chamava de gringo, tentávamos fazer touradas com Mademoiselle, mas não funcionava, pois ela pouco se lixava para a toalha vermelha, assim como não ligava para o cronômetro. Ela começava olhando o pano, baixava a cabeça, enrolava o pescoço e depois saía em disparada na direção oposta. Mademoiselle era um mau touro, não podíamos recriminá-la, pois não tinha sido criada para isso. Como previsto, depois das obras do salão, Papai e eu repintamos as paredes, e, como o apartamento acabara de ser vendido, ele me disse que eu podia escolher qualquer cor, que para nós tanto fazia, porque não íamos mais viver ali dentro. Então escolhi um amarelo-cocô, foi Mademoiselle Supérflua que me ajudou na escolha. A gente riu muito pensando na cara que fariam os novos proprietários ao descobrirem o salão escuro e deprimente.

Volta e meia ele me levava ao cinema, e assim, no escuro, podia chorar sem que eu visse. Eu bem que via seus olhos vermelhos ao fim do filme, mas fazia como se nada fosse. Porém, com a mudança ele não aguentou, e duas vezes começou a chorar em pleno dia. De fato, era diferente chorar em pleno dia, era um outro nível de tristeza. Na primeira vez, foi por causa de uma foto, a única que Mamãe tinha se esquecido de queimar. Não era propriamente uma boa foto, não era realmente bela, foi uma que o Lixo tirara de nós três com Mademoiselle, no terraço na Espanha. Víamos Mamãe, trepada no parapeito, rindo às gargalhadas, com os cabelos no rosto, enquanto Papai apontava o dedo para o fotógrafo, talvez para lhe dizer que não fizesse assim, e eu, eu fechava os olhos coçando a bochecha, ao lado de Mademoiselle Supérflua, que dava as costas porque as fotos a aborreciam. Estava tudo fora de foco, até a paisagem atrás, que mal se via. Era uma foto banal, mas era a última, a única que não tinha virado fumaça. Foi por isso que Papai começou a chorar em pleno dia, porque dos bons dias só nos restava uma foto ruim. A segunda vez que chorou foi no elevador, depois de entregar as chaves aos novos proprietários. No quarto andar, chorávamos de rir, pois tinha sido realmente hilário ver a cara dos recém-chegados quando nos flagraram jogando damas no assoalho da entrada, com uma grande ave que corria em todas as direções dando gritos dementes. Mas a apoteose foi quando nos agradeceram, fazendo careta, pela deprimente cor de merda do salão. Já no segundo andar, os risos de Papai eram menos alegres, e no térreo se tornaram longos soluços tristes. Ele ficara muito tempo dentro do elevador enquanto eu o esperava no patamar, defronte da porta fechada.

O novo apartamento era uma graça, mas muito menos engraçado que o anterior. Só havia dois quartos, o corredor era minúsculo e éramos obrigados a encostar nas paredes ao nos cruzarmos. Era tão curto que, antes mesmo de conseguirmos pegar embalo, já ficávamos cara a cara com a porta de entrada. Do guarda-louça vegetal só restava a hera, o móvel era grande demais para o salão. Então a hera ficou no chão e o móvel, na caçamba de lixo, portanto os dois tinham perdido seu charme. Para conseguir que entrassem na sala o grande sofá capitonê azul, as duas poltronas baixas, a mesa-ampulheta e a mala-capital, foi preciso virá-los em todas as direções, qual um quebra-cabeça que durou dias inteiros, até percebermos que nem tudo poderia entrar e despacharmos a mala-capital para ir mofar no porão. Na sala de jantar, a mesa grande também não entrava, então a substituímos por uma menor, que não podia receber nenhum convidado. Havia o lugar que esperava Mamãe, o de Papai, o meu e o do Lixo, porque apesar dos esforços ele continuava sem conseguir colocar um prato e os talheres em cima do estômago, não cabia. Bem, sim, era possível pousá-los sobre a barriga, a gente tentava em todas as refeições, mas sempre escorregava. No meu quarto, só havia a cama média, porque com a grande eu só teria um centímetro para guardar meus brinquedos. Ainda podíamos jogar Claude François, mas as distâncias eram muito curtas e os dardos iam parar, sempre, na cabeça dele. Até Claude François era menos cômico nesse apartamento. Os grandes vasos da cozinha tinham dado lugar a uma floreira mirradinha com hortelã para os coquetéis do Lixo e de Papai. O banheiro era ridiculamente minúsculo. O Lixo não conseguia nem se virar nem respirar ali dentro, entrava andando que nem um caranguejo e saía suando, vermelho como uma lagosta. Toda vez o ouvíamos praguejar porque jogava um objeto no chão, e depois começava a berrar porque jogava mais um ao tentar apanhar o primeiro. Para ele, tomar um banho era pior que o serviço militar. Quanto ao pobre cavaleiro prussiano, estava descansando no assoalho, sem nenhuma consideração à sua patente. Vencera numerosas batalhas, sua farda estava coberta de condecorações, e acabara deitado no piso como um vulgar pano de chão, tendo como única vista um varal dobrado, cheio de meias e cuecas, o que me deixava numa baita fossa. Aliás, a vista daquele apartamento era triste para qualquer um, dava direto para a área de serviço de um edifício, que era escura, e viam-se os vizinhos circulando em suas casas. Bem, eram mais eles que nos olhavam estranhamente quando o Lixo e eu jogávamos babador, ou quando ele punha o prato em cima da barriga, ou então quando Mademoiselle fazia seus exercícios vocais de manhã bem cedinho e acordava todo o prédio. Com dois gritos e num abrir e fechar de olhos, ela conseguia acender todas as luzes de todos os apartamentos ao mesmo tempo. Mademoiselle também andava na fossa, batia com o bico em todas as paredes, como se tentando empurrá-las, fazia buracos em todo canto e ficava tão entediada que, às vezes, dormia em pé em pleno dia. Que fosse a do cérebro de Mamãe ou a dos móveis do apartamento, essas mudanças não deixaram ninguém contente.

Ainda bem que Mamãe reassumiu as coisas. Numa sexta-feira à noite, chegando à clínica, encontramos todos os corredores vazios. Todas as portas estavam abertas, mas os quartos estavam desertos. Nem um só decapitado mental no horizonte. Até Bolha de Ar tinha batido asas. Andando pela clínica, acabamos por ouvir barulho, música e gritos vindo do refeitório. Ao abrir a porta, vimos coisas que até então nunca tínhamos visto. Todos os decapitados mentais dançavam com suas roupas de domingo, alguns dançavam slows, outros dançavam sozinhos gritando a plenos pulmões, havia até um que se esfregava numa pilastra, rindo muito normalmente, como um louco. Mr. Bojangles tocava sem parar na vitrola, com certeza nunca tinha girado para uns tantás daqueles, e Deus sabe como tinha visto doidos varridos no nosso apartamento, mas ali era, realmente, um nível acima. Sven tocava um piano imaginário, sentado defronte de uma mesa sem teclas, sobre a qual Mamãe tocava castanholas cantando e batendo palmas. Era tão bem feito que, de fato, parecia que Bojangles saía da boca de Mamãe e que as notas de piano escapavam das teclas de Sven. Até Bolha de Ar balançava a cabeça, sentada numa cadeira de rodas, com uma cara que eu nunca tinha visto antes. Só mesmo Iogurte é que estava aflito, porque as pessoas desdenhavam as eleições, ele chateava todo mundo dizendo aos dançarinos que precisavam ir votar, que se não votassem não seriam governados na semana seguinte. Chegou ao ponto de puxar a saia de Mamãe para que ela descesse da mesa, e então Mamãe agarrou um açucareiro que estava a seus pés e o esvaziou em cima da cabeça dele, convocando os outros tantãs para virem adoçar o Iogurte. Todos os decapitados foram regá-lo de açúcar, dançando em torno dele como Sioux e cantando:

– Vamos adoçar o Iogurte, vamos adoçar o Iogurte!

E ele ficou ali, sem se mexer, esperando ser adoçado, como se não houvesse nenhum nervo em seu corpo de presidente. Bolha de Ar olhava aquilo sorrindo com todos os dentes, porque também estava pelas tampas com as suas histórias de presidente. Quando Mamãe nos viu, pulou da mesa, se aproximou rodopiando como um pião e veio nos dizer:

– Esta noite, meus amores, festejo o fim do meu tratamento, agora tudo isso terminou!

7

Faz quatro anos certinho, agora, que Mamãe foi sequestrada. Para toda a clínica, foi realmente um choque. O pessoal que cuidava dela não entendia o que podia ter acontecido. Estavam acostumados com fugas, mas um sequestro nunca tinham visto. Apesar dos vestígios de luta no quarto, da janela quebrada pelo lado de fora, do sangue nos lençóis, não viram nada, não ouviram nada. Realmente, estavam desconsolados, e acreditamos neles, de bom grado. Os decapitados e os lelés da cuca estavam completamente pirados, quer dizer, bem mais que de costume. Alguns tiveram reações surpreendentes. O baixote careca de rosto amassado tinha absoluta certeza de que era culpa dele, e passava o tempo chorando e coçando a cabeça com toda a força, realmente dava pena vê-lo. Tinha ido se entregar na direção várias vezes, mas via-se muito bem que o pobre velho era incapaz de sequestrar alguém. Outro estava furioso por ela ter ido embora sem levar os presentes, ele berrava insultando Mamãe e batendo nas paredes; no início até que a coisa ia bem, mas depois aquilo se tornou irritante. Era muita maluquice mostrar sua tristeza insultando Mamãe. Ele chegara até a rasgar todos os desenhos de monumentos que tinha lhe dado, e para nós foi um alívio não precisar levá-los para o apartamento. A gente já tinha bagunça o suficiente. Iogurte, de sua parte, estava convencido de que eram os órgãos públicos se vingando da história do açucareiro. Não parava de ir ver as pessoas dizendo-lhes que nunca mais deviam tratá-lo assim, e que na próxima injúria o resultado seria o mesmo, e os rebeldes seriam sequestrados para ser torturados. Estufava o peito e andava de pescoço bem reto, como quem não teme mais nada. Para reconquistar a sorte depois dessa crise, convocara o corpo médico a segui-lo, mas ninguém teve vontade de se juntar àquele queijo branco, afinal, não vamos exagerar. Quanto a Sven, batia no peito, rindo, apontando para nós, e depois ia fazer aviãozinho com os braços, cantando músicas em sueco, italiano, alemão, já não se sabia muito bem, mas parecia todo contente. Depois voltava, aplaudia, levantava os braços para o céu e saía de novo cantando. Antes de nossa partida, passou para nos beijar, esfregar o seu dente na nossa bochecha, nos regar de perdigotos, cochichando umas orações. Sven era, de longe, o mais cativante dos decapitados mentais.

Os policiais também não tinham entendido nada. Foram lá no quarto, verificar e investigar. A janela tinha de fato sido arrombada por fora, era mesmo o sangue de Mamãe, a cadeira derrubada e o vaso quebrado provavam que tinha havido uma luta sangrenta, mas não encontraram nenhum vestígio de passos lá fora, na grama, debaixo da janela. A investigação na vizinhança não tinha dado em nada, os funcionários não observaram nenhuma pessoa esquisita rondando o edifício. Os policiais decidiram que podíamos acreditar na palavra deles, pois era, afinal, o cerne do ofício deles localizar pessoas esquisitas. Interrogaram-nos uma primeira vez, para nos perguntarem se Mamãe tinha inimigos, e respondemos que, a não ser um inspetor dos impostos, todo mundo gostava dela, mas a pista dos impostos logo foi abandonada. Interrogaram-nos uma segunda vez, mas aquilo não deu em rigorosamente nada. Muito simplesmente porque fomos nós que sequestramos Mamãe, e foi ela que organizou tudo. Não éramos loucos a ponto de nos denunciar, ora bolas.

Depois da festa do refeitório, quando voltamos para o quarto de Mamãe, ela nos declarou que não queria mais viver na clínica, que segundo os médicos jamais ficaria totalmente curada, e que não ia continuar a comer remédios eternamente, sobretudo se não adiantava nada. "De qualquer maneira, sempre fui meio louca, então, um pouco mais, um pouco menos, isso não vai mudar o amor que vocês têm por mim, não é?" Papai e eu nos olhamos, achando que essa observação era cunhada pela marca do bom senso. Seja como for, estávamos cheios de ir à clínica todo dia, de esperar o retorno dela, que não acontecia nunca, com o lugar à mesa sempre vazio, e as danças a três na sala que a gente sempre postergava. Por um montão de outras razões aquilo não podia mais se prolongar. Por causa das paredes da clínica, que pareciam de casca de cebola, a música do Senhor Bojangles não produzia o mesmo som nem os mesmos arrepios que davam em casa, e Mademoiselle Supérflua costumava se perguntar, postando-se na frente do sofá, por que Mamãe não estava mais lá para lhe acariciar a cabeça enquanto lia. Para terminar, eu andava meio ciumento dos loucos e do pessoal que cuidava dela, e que aproveitavam Mamãe o dia todo, ao contrário de nós. Eu já tinha tido minha dose nessa partilha com outras pessoas, e ponto final. Era criminoso esperar de braços cruzados até que os remédios terminassem a mudança do cérebro de Mamãe, pensei, quando Papai começou a falar, preocupado e excitado ao mesmo tempo.

— Estou plenamente de acordo com você, minha querida Nécessité! Não podemos deixá-la perverter essa clínica por mais tempo, disso depende a saúde mental dos outros pacientes! Com o ritmo e a alegria que você lhes dá, se isso continuar, todos esses loucos estarão muito melhor em pouco tempo, e aí eu realmente teria por que me preocupar com todos os seus pretendentes. O problema é que não vejo como vamos conseguir convencer os médicos a deixá-la sair, nem sequer como vão aceitar parar o seu tratamento. Precisaremos inventar uma mentira belíssima, a mais inacreditável lorota, e se por acaso funcionar será realmente uma obra de arte! – ele exclamou, olhando com um olho fechado para o orifício do cachimbo, como se houvesse uma resposta ali dentro.

— Mas, caro amigo, Georges querido, ora essa! Nunca se tratou de pedir autorização. Nem para me tirar daqui nem para suspender o tratamento. Aliás, o melhor tratamento não é estar cercada de loucos, mas estar com vocês! Se não sair daqui, um dia eu pulo pela janela ou engulo todos os meus remédios ao mesmo tempo, como o pobre coitado que ocupava meu quarto antes. Mas sossegue, isso não vai acontecer, pois pensei em tudo… Vocês vão me tirar daqui e pronto! Vocês vão ver, vamos nos divertir loucamente! – declarou Mamãe, aplaudindo alegre como antigamente.

— Tirá-la daqui? Você quer dizer sequestrá-la, é isso mesmo? – Papai tossiu, dissipando com a mão a fumaça do cachimbo para ver melhor os olhos de Mamãe.

— Isso mesmo, um sequestro familiar! Faz dias que o preparo, vocês vão ver que obra de arte. Uma mentira preparada nos menores detalhes, tramei toda a operação, vocês vão ver, não deixei absolutamente nada ao acaso! – respondeu

Mamãe falando mais baixo, com jeito de conspiradora e olhos transbordando de malícia.

– Ah, sim, de fato, aí você está fazendo algo top de linha! Está nos preparando uma obra-prima! – cochichou Papai, que conhecia mentira como ninguém.

Seu rosto estava relaxado, como se estivesse aliviado, como se acabasse de decidir que devia se deixar levar por essa ideia louca.

– Apresente-nos o seu plano! – acrescentou, com uma chama no alto do cachimbo, os olhos determinados e cintilantes.

De verdade, Mamãe tinha preparado seu sequestro nos mínimos detalhes. Roubara um frasco de seu sangue durante os últimos exames. Depois de noites de observação, notara que diariamente, à meia-noite, o guarda da entrada deixava a cabine por trinta e cinco minutos, para fazer a ronda da noite e fumar um cigarro na lavanderia. Era nesse momento que devíamos chegar, passando pela porta da entrada, naturalmente. Mas como Mamãe queria mesmo que aquilo parecesse um sequestro de romance, era preciso fazer crer que ela fora levada pela janela. Papai e eu achamos essa ideia perfeitamente sensata. Sair pela porta era muito banal para um sequestro, e mesmo com os remédios Mamãe continuava a detestar a banalidade. Se quisesse, poderia até mesmo sair sozinha pela porta da entrada, durante a pausa do guarda, mas então não teria sido um sequestro e todo o seu plano iria por água abaixo. Faltando cinco para a meia-noite, ela previra jogar o sangue nos lençóis, deitar delicadamente a cadeira no chão, quebrar um vaso, abafando o barulho com seu travesseiro, e abrir a janela para quebrar a vidraça externa, com um pano de prato para abafar os sons, e assim despertar suspeitas de arrombamento. Devíamos chegar à meia-noite e cinco, com meias-calças na cabeça, e ir ao seu quarto para levá-la com seu consentimento, e em seguida ir embora, tranquilamente, e na ponta dos pés, pela porta de entrada.

– Taí um plano brilhantemente amarrado, minha bem-amada, e quando pensa em ser sequestrada? – Papai perguntara com os olhos no vazio, talvez tentando imaginar o desenrolar das operações.

– Esta noite, meus queridos, por que esperar, já que está tudo pronto? Não pensem que organizei essa festa por acaso, era minha festa de despedida!

De volta para casa, Papai e eu repetimos toda a operação várias vezes, com umas sensações esquisitas na barriga. Tínhamos medo e não conseguíamos deixar de rir à toa. Papai parecia sei lá o quê com a meia-calça na cabeça, seu nariz estava atravessado e os lábios estavam tortos como nunca, e eu fiquei com o rosto todo achatado como um bebê gorila. Mademoiselle Supérflua nos olhava, virando a cabeça para ele, para mim, tentava entender o que estava acontecendo, inclinava o pescoço para nos olhar por baixo, mas víamos muito bem que estava completamente perdida. Antes de sairmos, Papai me ofereceu um cigarro e um gim-tônica, me dizendo que era assim que os gângsteres faziam antes de um sequestro. Então, fumou seu cachimbo e eu, meu cigarro; tomamos nossos coquetéis sentados no sofá, sem dizer uma palavra, sem nos olharmos, para ficarmos concentrados.

Eu estava completamente tonto ao entrar no carro, sentia a boca seca, um gosto de vômito na garganta, os olhos ardiam, mas me sentia muito mais forte, e compreendia melhor por que Papai bebia gim-tônica para fazer seu esporte. Chegando às redondezas da clínica, estacionamos longe dos postes, desligamos o motor e nos olhamos sorrindo, antes de enfiar as meias. Mesmo atrás da meia eu via os olhos de Papai brilharem com uma bela luz velada. Na hora de empurrar a porta da clínica, a meia-calça de Papai rasgou na altura do nariz, ele tentou virá-la, mas aí foi sua orelha que ficou de fora. Continuou a virá-la, rindo baixinho e nervoso, mas a meia não parava de rasgar, e com isso, como já quase não estava servindo, ele foi obrigado a segurá-la com uma das mãos atrás da cabeça. Passamos diante da cabine do vigia, aos pulinhos, devagarinho, depois corremos na ponta dos pés pelo corredor até a curva. Antes de virar, nos encostamos na parede, e depois Papai esticou a cabeça para ver se o caminho estava livre. Fazia grandes gestos com o torso e virava a cabeça em todos os sentidos, era tão engraçado que, com o gim-tônica, eu custava a me concentrar. Em certas paredes víamos nossas sombras deformadas avançarem trêmulas, era meio assustador. Quando chegamos ao pé das escadas, vimos na parede em frente a rodela luminosa de uma lanterna que se mexia em todas as direções, e ouvimos ruídos de passos que se aproximavam. Como eu estava paralisado, com os pés grudados no chão, Papai me agarrou pela gola para me fazer voar para um cantinho do corredor. Escondidos na penumbra, vimos o guarda passar bem na frente da gente, sem sequer nos notar, e a essa altura já não era um gosto de vômito que eu sentia na garganta, mas, pura e simplesmente, vômito. Segurei-me para não fazer barulho, e mais ainda porque sabia muito bem que, se me deixasse levar, ia ficar tudo preso dentro da minha meia-calça. Depois de esperar que os passos se afastassem, corremos como loucos até a escada, e subindo os degraus com o gim-tônica e o cagaço eu tinha a impressão de voar, e até ultrapassei Papai no primeiro andar. Chegando ao segundo andar, só precisamos abrir a porta bem em frente para encontrar Mamãe, que nos esperava comportada em sua cama desfeita, em seu quarto bagunçado. Também tinha posto uma meia na cabeça, mas com seus cabelos volumosos aquilo lhe criava uma imensa cabeça de couve-flor cercada de teias de aranha.

– Ah, ei-los, meus sequestradores! – ela cochichou se levantando.

Mas ao ver a cabeça de Papai com a meia rasgada, o bombardeou de cochichos:

– Mas meu Deus, Georges, o que fez com a sua meia? Está com cara de leproso! Se alguém o vir assim, vai tudo por água abaixo!

– Meu nariz me traiu, minha querida! Venha beijar seu cavaleiro em vez de reclamar! – ele respondeu antes de pegar a mão de Mamãe e puxá-la para si.

Eu já não via muito bem, estava com soluço, minhas sobrancelhas começaram a suar, pingos grandes, que iam parar dentro dos meus olhos, e a meia me dava coceira nas faces.

– Mas nosso filho está completamente bêbado! – declarou Mamãe, meio assustada ao me ver cambalear assim.

Depois me pegou nos braços para me bicar, dizendo:

– Olhe só isto, este magnífico pivetinho que se embriaga para vir sequestrar sua Mamãe, não é um encanto?

– Ele foi exemplar, um verdadeiro Arsène Lupin,[*] pelo menos na vinda, pois acho que teremos de segurá-lo pela

---

[*] Personagem dos romances policiais de Maurice Leblanc, Arsène Lupin era um ladrão aristocrata, que assaltava residências vestindo casaca,

mão para voltar, tenho a impressão de que o gim-tônica está lhe pregando uma peça.

— Vamos dar no pé, a liberdade está dois andares abaixo — sussurrou Mamãe, me agarrando com uma das mãos, enquanto a outra abria a porta.

Mas atrás da porta demos de cara com Sven, que fazia sinais da cruz muito rápido. Então Papai pôs o dedo nos lábios e Sven o imitou, balançando a cabeça todo animado. Mamãe depositou um beijo em sua testa, e ele nos viu partir, deixando o indicador sobre o dente. Descemos as escadas a toda; chegando à curva, continuamos grudados na parede e Papai recomeçou seus grandes gestos com o torso e a cabeça, e então Mamãe lhe cochichou:

— Mas Georges, pare de bancar o idiota! Estou com vontade de fazer xixi, e se você me fizer rir vou acabar fazendo na calcinha.

Então Papai, com um último grande gesto, nos indicou que o caminho estava livre. No corredor, meus pais me pegaram, cada um por uma mão, e fiz o resto do percurso até o carro quase não tocando mais no chão.

No carro, em direção à nossa casa, o ambiente era uma loucura. Papai batia tam-tam no volante, cantando, Mamãe aplaudia, rindo, e eu olhava tudo aquilo massageando as têmporas, que latejavam violentamente. Depois de deixarmos o bairro da clínica, Papai fez zigue-zagues pelo caminho, dando várias vezes a volta nos cruzamentos, buzinando, enquanto eu deslizava no banco traseiro como um

---

circulava entre as mulheres mais bonitas da Belle Époque e era muito popular. A série Arsène Lupin inclui 16 romances e 39 novelas, escritos entre 1905 e 1941. (N.T.)

saco de batatas, era realmente uma loucura só. Ao chegarmos em casa, Papai tirou champanhe da geladeira e abriu, sacudindo a garrafa com força, para molhar tudo. Mamãe achou que o apartamento era quase tão deprimente quanto a clínica, ainda assim, mais encantador. E afagando a cabeça de Mademoiselle, que estufava o pescoço, ela nos explicou a continuação de seu plano, bebendo suas taças a grandes goles para matar a sede.

– Vou me hospedar num hotel, enquanto tudo se acalma. Seria realmente idiota ver a sequestrada saindo de casa como se nada fosse. Enquanto isso, vocês vão preparar belas mentiras, para a polícia, para a clínica, em suma, para todos os que lhes farão perguntas – explicou com ar sério e a taça estendida como um cálice na direção da garrafa comemorativa.

– Quanto às mentiras, pode confiar em nós, tem na sua frente homens experientes! Mas depois da investigação, o que faremos? – disse Papai esvaziando a garrafa na taça de Mamãe.

– Depois? A aventura continua, meu caro amigo! O sequestro não acabou. Daqui a uns dias, as buscas não terão dado em nada, assim espero, e iremos nos esconder em nossa casa na Espanha. Você vai alugar um carro, impossível pegar um avião nessas condições, vamos andar pelas estradas pequenas até a fronteira e depois dirigir a toda velocidade até o nosso esconderijo nas montanhas, para retomar nossa vida de antes, simplesmente – disse Mamãe, que tentava a duras penas se levantar para brindar conosco.

– Ah, sim, de fato você pensou em tudo! Pergunto-me o que estava fazendo entre os loucos! – Papai respondeu puxando-a para si para abraçá-la.

Completamente arrebatado pelo sono, pelo champanhe e pelas emoções da fuga, dormi no sofá, olhando-os dançarem o slow dos sentimentos.

Durante as buscas por Mamãe e por seus sequestradores, entre os depoimentos para a polícia e as passagens pela clínica para pegar seus pertences e mostrar nossos ares tristes, íamos visitá-la num hotelzinho asqueroso, habitado por putas que gritavam e riam, às vezes ao mesmo tempo. Mamãe adotara um nome falso para reservar o quarto.

– Liberty Bojangles não é muito discreto como nome falso para uma pessoa procurada em toda parte! – Papai disse, com um sorriso maroto pendurado nas faces.

– Pelo contrário, Georges, você não entende nada disso! Não há nada mais discreto que um nome americano num hotel de putas. Vai me dizer que você não fez nada desse tipo antes de me encontrar? – ela respondeu rebolando, com uma das mãos no quadril e o indicador da outra entre os dentes.

– Liberty, com você cada dia é um novo encontro! – ele respondeu, tirando do bolso umas notas de dinheiro. Deu-me uma de três algarismos para que eu fosse dar uma volta lá fora, e perguntou à Mamãe:

– Quanto é?

Na manhã da partida, enquanto Mamãe e eu esperávamos Papai e o carro alugado, conversando com as putas sobre o tempo e seus clientes, nós o vimos chegar num carrão antigo que brilhava por todo lado, tendo na ponta do capô uma estatueta de prata de uma deusa em pé, com as asas ao vento. Ele saiu lá de dentro vestindo um terno cinza e com um boné na cabeça.

– Se Miss Bojangles quiser fazer o obséquio de entrar – declamou meu pai, com um sotaque britânico completamente capenga, enquanto abria a porta traseira e se inclinava, muito chique.

– Mas, afinal, Georges, você está louco! Isso não tem nada de discreto! – minha mãe exclamou, baixando os grossos óculos de estrela antes de ajeitar o lenço de fugitiva.

– Ao contrário, Miss Liberty, a senhorita não sabe de nada, as fugas são como as mentiras, quanto mais exageradas, melhor funcionam! – ele respondeu levantando o boné e batendo os calcanhares.

– Como queira, Georges, como queira! Mas eu gostaria tanto de passar a fronteira escondida no porta-malas! Pouco importa, talvez você tenha razão, assim também vai ser engraçado – ela admitiu, respondendo com um aceno de mão aos assobios e aplausos das putas admiradas que cercavam a limusine.

No carro, Papai me passou uma roupa de marinheiro para criança, com um chapéu de pompom absolutamente ridículo. No início, neguei-me a enfiá-la, ele me disse que era assim que as crianças ricas americanas se vestiam, que ele também tinha um disfarce, e que se eu não jogasse o jogo na certa íamos ser localizados. Então vesti minha roupa, e meus pais riram muito; Papai me olhava, se divertindo, pelo retrovisor, e Mamãe, apertando o pompom, se extasiou:

– Que vida extraordinária! Ontem você era gângster, hoje ei-lo aqui como militar dos mares! Não faça essa cara, meu filho, e pense nos seus antigos colegas de turma. Garanto que prefeririam estar no seu lugar, sentado numa limusine com motorista em companhia de uma estrela americana!

Pegamos a estrada principal para descer rumo ao Sul, pois Papai disse que com um disfarce daqueles não era necessário pegar as pequenas. Com isso, todos os caminhões, todos os carros buzinavam ao nos ultrapassar, as pessoas acenavam pela janela, e as crianças se amontoavam nos bancos de trás. Houve até mesmo três carros de polícia que passaram ao nosso lado e os guardas nos fizeram uns sinaizinhos, levantando os polegares. Papai era de fato o rei dos fugitivos, pensei. Ele tinha razão, quanto mais exagero, mais dava certo. Mamãe fumava cigarros bebendo champanhe, cumprimentava os motoristas que nos ultrapassavam dizendo:

– Que carreira, meus filhos, que público! Eu bem que teria feito isso a vida toda, sou a anônima mais célebre do mundo! Georges, acelere por favor, as pessoas na frente da gente não tiveram tempo de me cumprimentar!

Depois de sete horas de fuga estrondosa, paramos num hotel para passar a noite. Papai tinha reservado uma suíte num cinco estrelas que dava para o mar, na costa do Atlântico.

– Você é perseverante. Espero ao menos que tenha reservado dois quartos, um para meu filho e eu, e outro para você, meu motorista encantador – declarou Mamãe, radiante por alguém lhe abrir a porta, como qualquer celebridade.

– É claro, Miss Bojangles, uma estrela como você não divide o quarto com os empregados – confirmou Papai, debruçado sobre o porta-malas do carro para retirar as bagagens.

Quando chegamos ao saguão, todos os clientes olharam para nós sem dar na vista, e verifiquei, humilhado, que devia fazer muito tempo que os funcionários não viam ricos americanozinhos vestidos de marinheiro.

– Uma suíte para Miss Bojangles e seu filho, e um quarto para o motorista – pediu Papai, que tinha sensatamente abandonado seu sotaque capenga. Para me vingar de Papai e de minha roupa de marinheiro, quando a porta do elevador abriu para um casal de verdadeiros americanos, declarei ao nosso motorista:

– Ora, Georges, você está vendo muito bem que o elevador está cheio, queira pegar a escada com as malas, para não atrapalhar.

E a porta se fechou na cara de Papai, completamente desfeito. Os americanos ficaram impressionados com tanta autoridade e Mamãe acrescentou:

– Tem razão, darling, nos dias de hoje a criadagem acha que tudo é permitido. O Senhor, com um senso agudo das conveniências, inventou para os serviçais as escadas, e para nós inventou o elevador, é preciso tomar cuidado para não misturar tudo.

Os americanos certamente não entenderam nada, mas mesmo assim concordaram, com ar interessado. Esperamos Papai rindo como loucos diante da porta da nossa suíte. Ele chegou esbaforido e encharcado, com o boné todo virado, e me disse sorrindo:

– Você vai me pagar, safadinho, três andares com esta mala, vou mandar você vestir sua roupa de marinheiro o ano inteiro.

Mas eu sabia que ele não ia fazer isso, ele não era nem um pouco rancoroso.

À noite, no restaurante do cinco estrelas, observei que aquele lugar era menos engraçado que o anterior porém mais confortável, e que com as putas era muito mais legal e animado. Então Papai me respondeu que naquele ali também havia putas, mas que eram mais discretas e mais comportadas, para se fundirem na paisagem. No início do jantar examinei o ambiente para desmascarar as putas escondidas, mas não consegui. Contrariamente a nós, elas exerciam muito bem sua vocação de não serem localizadas. No nosso jantar de reencontro, meus pais pediram tudo, a mesa transbordava de pratos de lagostas flambadas, frutos do mar, espetos de vieiras grelhadas, garrafas de branco gelado, de rosé congelado, de champanhe aberta com sabre, de tinto vermeil, os garçons rodavam ao redor de nós como abelhas, ninguém no salão jamais tinha visto um jantar daqueles. Mamãe subira na cadeira para falar com as estrelas e dançar fazendo seus cabelos girarem ao ritmo frenético dos violinos e dos copos de vodca, enquanto Papai aplaudia fleumático, com as costas bem retas, como devem fazer os verdadeiros motoristas ingleses. Meu ventre crescia visivelmente, eu já não sabia onde espetar o garfo nem como fazer minha cabeça parar de rodar. No final do jantar, eu via estrelas e putas por todo lado, estava ébrio de felicidade, e nosso motorista me disse que eu estava bêbado como um marinheiro americano. Para fugitivos, fizemos uma bagunça desgraçada.

No corredor, para conseguir que eu dançasse valsa, Mamãe fez voar, com a ponta dos pés, seus sapatos de salto até a altura do teto, e roubou meu chapéu de pompom. Seu lenço de seda acariciava meu rosto, suas mãos eram macias e tépidas, só se ouviam a sua respiração e os aplausos cadenciados de Papai, que nos acompanhava sorrindo extasiado. Mamãe nunca estivera tão bela, e eu teria dado qualquer coisa para que aquela dança jamais parasse, jamais terminasse. Depois, enquanto eu me deixava devorar pelo edredom, senti braços em torno de mim e adivinhei que se aproveitavam de minha embriaguez sonolenta para me transferir de mansinho. De manhã, acordei sozinho, no quarto de Papai, e encontrei meus pais em seguida, com rostos amassados, diante do seu café da manhã. Visivelmente, de noite a criadagem e os patrões podiam tudo se permitir, tudo misturar, de fato já não havia disciplina na relação deles.

Depois de sairmos do hotel, quando Papai tossiu muito ao olhar Mamãe pagar a conta, pegamos, debaixo de chuva, uma estrada reta e sem fim, margeada de pinheiros. Por causa da festa da véspera, Mamãe bem que abandonaria seu estatuto de estrela americana, pois, toda vez que ultrapassávamos um carro, ela gemia, segurando a cabeça. "Georges, faça-os se calarem, por favor, cada buzinada é uma martelada que ressoa, diga-lhes que eu não sou nada nem ninguém!" Mas Papai não podia fazer nada, então acelerava para nos afastar dos carros que vinham atrás, mas forçosamente nos aproximávamos mais depressa dos da frente, era um problema sem solução, que deixava Mamãe num estado terrível, e ela estava perto de explodir. Eu olhava os pinheiros desfilarem, concentrando-me para não pensar em nada, mas isso estava longe de ser simples. Avançando, íamos encontrar nossa vida de antes, ainda que deixando-a para trás, não era algo fácil de encarar. Depois de sairmos da floresta de pinheiros para começar a subir a montanha, fazendo curvas o tempo todo, novamente tentei me concentrar para não vomitar, mas aí, de novo, não consegui e, ao me ver, Mamãe também vomitou, realmente foi vômito para todo lado. Ao chegarmos ao posto de fronteira, estávamos nós dois verdes e trêmulos, atrás, e na frente Papai estava cinza como seu terno. Com as janelas todas fechadas para não sermos localizados, aquilo tinha cheiro de arenque seco, embora não tivéssemos comido arenque. Ainda bem que não teve nem polícia nem guarda de barreira nem ninguém para nos controlar. Papai disse que era graças aos acordos de alguém e ao mercado comum que não tínhamos sido incomodados, mas não entendi o que um mercado, por mais comum que fosse, tinha a ver com aquilo. Mesmo como motorista, às vezes era difícil entendê-lo.

Deixamos no posto de fronteira nossos últimos temores e as nuvens agarradas nos picos das cordilheiras francesas. Descendo de novo em direção ao mar, a Espanha nos esperava com um sol deslumbrante, e andando devagarinho, com as janelas todas abertas, deixamos escapar os cheiros de medo e de arenque seco, escoando nosso vômito com as luvas de Mamãe e um cinzeiro.

"Para disfarçar os cheiros de ressaca de meu marinheiro e de minha estrela de cinema, paramos na Costa Brava para colher alecrim e tomilho à beira de uma estrada. Ao observá-los, sentados sob uma oliveira, rindo e conversando, oferecendo seus rostos brancos ao sol, pensei que nunca me arrependeria de ter cometido uma loucura daquelas. Um quadro tão belo não podia ser fruto de um erro, de uma má escolha, uma iluminação tão perfeita não podia causar nenhum arrependimento. Jamais."

Assim escrevia meu pai em seus cadernos secretos que eu descobri mais tarde, depois.

8

Histeria, bipolaridade, esquizofrenia, os médicos a cobriram com todo seu vocabulário erudito para designar os loucos varridos. E a varreram para um prédio deprimente, e a varreram quimicamente com toneladas de remédios, e varreram sua demência com uma simples receita, carimbada com um caduceu. Varreram-na para longe de nós e para aproximá-la dos loucos. O que eu tanto temia aconteceu, aquilo em que nunca, de fato, quis acreditar caíra em cima de nós, acompanhado de chamas e de uma fumaça preta, que ela propagara voluntariamente no nosso apartamento para queimar seu desespero. Essa contagem regressiva, que no correr dos dias felizes eu me esquecera de vigiar, começava a tocar como um despertador infeliz e enguiçado, como um alarme que faz sangrar os tímpanos com sua barulheira incessante, um ruído bárbaro que nos diz que agora é preciso fugir, que a festa chegara ao fim, brutalmente.

No entanto, no nascimento de nosso filho, durante o parto, Constance parecia ter expulsado, com seus berros, certos aspectos de seu comportamento tempestuoso e insolente. Eu a observara fazendo votos cochichados ao ouvido de nosso bebê recém-embrulhado, votos de boas-vindas bastante naturais em boca materna, e achara essa banalidade reconfortante e bela, essa normalidade me tranquilizara. Enquanto nosso filho foi um bebê, sua extravagância parecia contida, não desapareceu de todo, continuava capaz de raciocínios e de atos alucinados, mas eram sem estardalhaço, sem verdadeira consequência. Depois o bebê se tornou um garotinho que cambaleava e balbuciava sons, para muito depressa transformar suas experiências em marcha e em palavras, um pequeno ser que aprendia e repetia. Ela o ensinou a tratar a todos por senhor e senhora, pois considerava o tratamento íntimo a melhor maneira de ficar à mercê das pessoas, ela lhe disse que Senhor e Senhora eram a primeira barreira de segurança na vida, bem como uma marca de respeito que se devia a toda a humanidade. Assim, nosso filho tratava respeitosamente a todos, os comerciantes, nossos amigos, os convidados, nossa grua-demoiselle, o sol, as nuvens, os objetos e todos os elementos. Também o ensinou a fazer reverência para as damas, cobrindo-as de elogios. Para as garotinhas da idade dele, sugeriu apresentar-lhes suas homenagens com beija-mãos, o que tornava nossos passeios pela cidade, nas ruas e nos parques, encantadores e antiquados. Só vendo quando ele largava seu baldinho de areia e saía aos passinhos para ir pegar mãos de mocinhas deslumbradas por terem assim suas mãos cobertas de beijos! Só vendo os olhos da clientela das lojas, que o seguiam com um olhar apalermado, esquecendo totalmente suas listas de compras e o observando inclinar-se com deferência para fazer a reverência! Certas mães o observavam em ação, depois viravam a cabeça para dar de cara com seus filhos sentados dentro do carrinho, de boca aberta e lambuzada de migalhas de biscoitos, e pareciam se perguntar o que poderia ter acontecido, se eram seus filhos os fracassados ou se o nosso era degenerado.

Ele dedicava uma admiração sem limites à mãe, e ela tinha tanto orgulho disso que às vezes fazia qualquer coisa para impressioná-lo. O que as crianças fazem para se gabar durante o recreio, os desafios que se lançam ou as façanhas que realizam para serem notadas, era com a mãe que ele fazia. Competiam em audácia e originalidade para rirem e atraírem a admiração um do outro, transformando nosso salão em canteiro de obras, em sala de ginástica, em ateliê de artes plásticas, pulavam, queimavam, pintavam, berravam, sujavam tudo e faziam de seus dias um condensado do que há de mais louco. Ele se punha diante dela, com ar fanfarrão, as mãos nos quadris e lhe lançava:

— Não garanto que você vá conseguir, Mamãe, é tremendamente perigoso, sabe, melhor que desista agora, porque já ganhei!

— Claro que não, nunca desistirei! Está me ouvindo? – ela respondia, pulando uma última vez sobre o sofá para se lançar por cima da mesa do salão e aterrissar numa das poltronas baixas, diante dos aplausos e dos bravos dele.

Ele também se tomou de comovente paixão por Mademoiselle Supérflua, a certa altura não largava de sua pata. Seguia-a por todo lado, andando igual a ela, imitava seus movimentos de pescoço, tentando dormir em pé e dividir seu regime alimentar. Uma noite, nós os encontramos na cozinha rachando uma lata de sardinhas, com os pés e as patas chafurdando no óleo. Ele também tentava incluí-la em seus jogos.

— Papai, Mademoiselle não entende nada, mas nada mesmo, das regras, me ensine a falar como ela, assim poderei lhe explicar como jogar! – ele me pedira enquanto a ave pisoteava o tabuleiro de um jogo de salão.

— Fale com ela com as mãos, os olhos e o coração, ainda é o que há de melhor para se comunicar! – eu respondera, sem duvidar de que ele passaria semanas inteiras com a mão

sobre o coração, pegando com a outra a cabeça do volátil para mergulhar seus olhos arregalados nos dele, sem piscar um cílio.

E eu, naquele circo, aceitava assumir o papel do Senhor Leal, enfiar uma casaca cheia de berloques, encenar as vontades, os concursos, as orgias, as fantasias, e com minha batuta tentar dirigir aquelas operetas loucas. Nem um dia sem sua dose de ideias descabeladas, nem uma noite sem jantares improvisados, sem festas imprevistas. Eu voltava de noite do trabalho e cruzava com meu velho companheiro, o senador, no vão da escada, suado e descomposto, carregando caixas de vinhos, buquês de flores ou embrulhos da delicatéssen.

– Estão botando pra quebrar lá em cima, aviso de tempestade! Você vai ter que vestir sua capa de chuva, meu amigo, porque esta noite vai ter água! A gente vai se esbaldar! – ele dizia com ar radiante.

E eu encontrava meu filho na soleira, recebendo os convidados, o rosto disfarçado com uma falsa barba, uma venda num olho e o outro ardendo de orgulho, usando um chapéu de pirata, claudicando alegremente sobre sua falsa perna de pau. No salão, minha esposa dentro de uma calça bufante, uma caveira tatuada em seu decote vertiginoso, pendurada ao telefone, anunciava a abordagem iminente da frota d'El-Rei a reforços convocados a virem imediatamente, para esvaziar os porões de um navio já ébrio.

– Vou desligar, o comandante do navio acaba de chegar, não demorem, senão o rum vai evaporar!

Durante as festas, nosso filho ficava acordado, aprendia a dançar, a abrir as garrafas, a preparar os coquetéis, e junto com o Lixo fantasiava e maquiava os convidados adormecidos no sofá, para fotografá-los. Ria como um louco quando este saía nu de seu quarto, berrando que queria se afogar numa barrica de vodca. Os dois tinham elaborado um estratagema astucioso para que caíssem no colo do senador as senhoras e senhoritas que ele queria arrastar para o quarto. O Lixo lhe apontava discretamente a favorita do momento e o encarregava de espalhar bebidas ao redor dela, depois chegava com seu ar inocente e propunha que ela provasse todas as espécies de composições alcóolicas, e, para agradá-lo, nenhuma se arriscava a recusar. Quando estavam "al dente", o Lixo ia se sentar ao lado delas para lhes falar de seu poder, de seus encontros com o presidente e de todas as vantagens possíveis de se obter por conhecer tal personalidade. Depois, levava-as para o quarto a fim de dividir com elas pedaços de responsabilidade e migalhas de celebridade. Uma noite, nosso filho, considerando talvez que já era tempo de trabalhar por conta própria, também atraíra uma bela convidada para seu quarto. Desabotoara a camisa, tirara a calça de menino, fizera voar sua minicueca e começara a pular nu na cama, diante da moça absolutamente encantada, ligeiramente lisonjeada e meio assustada.

Então, fatalmente, nada aconteceu como previsto no que se refere à educação de nosso adorável rebento. Como ele passava as noites em galantes companhias, participava das conversas dos adultos, dos debates por vezes de alto nível ou dos monólogos inflamados de bêbados inspirados, seus dias na escola lhe pareciam muito chochos e matizados de banalidade. Quer dizer, não propriamente seus dias, mas sim suas tardes, já que depois dessas noitadas nós o fazíamos faltar quase todas as manhãs. Quando Marine e eu chegávamos de cara amarrada e olhos de dia seguinte de festa, tapados por óculos escuros, inventando balelas delirantes para justificar suas repetidas ausências, a professora nos olhava de um jeito consternado. Um dia nos disse, furiosa, "que não se entrava naquela escola como num moinho!". Ao que minha adorável esposa, ligada em dez mil volts, retrucou com desenvoltura:

— É uma pena muito grande, pois, sabe, pelo menos um moinho serve para alguma coisa. Esta escola não lhe serve para nada, leem para ele livros água com açúcar, ele não aprende quase nada, ao passo que conosco, à noite, ouve uma bela prosa, disserta com livreiros sobre as novidades literárias, discute com diplomatas sobre coisas do mundo, é caçador de "galinhas pinguças" com seu amigo senador, conversa de política fiscal e de finanças internacionais com banqueiros de nível mundial, corteja plebeias e marquesas que conquista com perfeição, e a senhora vem nos falar de horários a respeitar! Mas o que a senhora quer? Que ele se torne funcionário público? Meu filho é um erudito pássaro da noite que já leu três vezes o dicionário, e a senhora quer transformá-lo numa gaivota coberta de óleo debatendo-se numa maré negra de tédios! É para evitar tudo isso que ele só vem de tarde!

Achando graça, com o sorriso fixo e os óculos na ponta do nariz, eu a observara despejando seu fluxo de argumentos defasados, enquanto nosso filho rodava em torno da professora braceando o ar com suas asas imaginárias de erudito pássaro da noite. Depois dessa enésima escaramuça, eu soube claramente que os dias de nosso filho na escola estavam contados, que aqueles horários, feitos de acordo com a vontade do freguês e predeterminados, não poderiam continuar durante toda a sua vida escolar.

Ele pensava que era um jogo, no mais das vezes olhava rindo para a mãe, achando que ela ainda estava representando voluntariamente um daqueles papéis delirantes. Pensava que era um jogo, enquanto eu fingia não estar muito surpreso, muito menos infeliz. Uma noite, tirando os óculos, depois de um dia calmo dedicado à leitura, Colette me falou em tom perturbado e de olhos arregalados, seriamente preocupada:

– Mas me diga, Georges, me esclareça com suas luzes... Temo não entender... Josephine Baker não estava em Paris durante a guerra... Por conseguinte, você não pode tê-la encontrado na época! Por que ter me feito acreditar em todas essas conversas fiadas? Você não pode ser meu avô. Está escrito com todas as letras nesta biografia, há um problema de datas nesse relato, ou então é um tecido de invencionices! Tudo isso é impossível, impossível! É impossível, está me ouvindo, rigorosamente impossível! Eu já não tenho nome de batismo, mas este livro acaba de me retirar minha filiação. Quem me diz que você é realmente meu marido? Quando vou ler um livro que me afirmará que você nunca encontrou Drácula?

Eu ouvia muito bem o desespero em sua voz, sabia muito bem que ao menos dessa vez a acusação não escondia nenhuma fantasia, infelizmente ela falava sério, seus olhos se embaçaram a fim de observar interiormente seu mundo desabando, e eu... foi sob meus pés que senti o chão fugir. Enquanto nosso filho ria às gargalhadas, começando a rabiscar num papel uma árvore genealógica sem nenhuma lógica, Colette me olhava como se olha um desconhecido na rua, um desconhecido que a gente acha que já viu. Com o dedo em riste para mim, a boca aberta e o cenho franzido, prestes a me interpelar, ela estava perdida. Colette balançava a cabeça, sussurrando fórmulas secretas, e dava a impressão de sacudi-la devagarinho para recolocar tudo no lugar e reencontrar a razão.

– Preciso me deitar um pouco, estou completamente atarantada, você me embaralha com todas essas suas lorotas!

– sussurrou enquanto se dirigia para o quarto, com a cabeça inclinada para observar o polegar da mão esquerda pressionando as linhas da mão direita.

– Então, quem é mesmo Mamãe? Ela é minha avó? E Josephine Baker é minha bisavó? Vai ter que me explicar para o meu desenho, porque a árvore genealógica está esquisita, com poucos galhos e várias cabeças! – disse nosso filho, mordiscando um lápis entre os dentes.

– Sabe, filhinho, Suzon tem muita imaginação, brinca com tudo, até com a própria filiação, mas na árvore a Mamãe são as raízes, as folhas, os galhos e a cabeça ao mesmo tempo, e nós somos os jardineiros, vamos cuidar para que a árvore se mantenha de pé e não acabe se desenraizando – respondi com uma metáfora confusa enrolada num entusiasmo forçado, enquanto ele aceitava, hesitante, sua missão de entender tudo.

Depois do incêndio eu já não podia representar a encenação, o fogo, a fumaça, os bombeiros, o plástico queimado nos ombros de minha bem-amada, toda essa tristeza escondida atrás de sua euforia não podia mais ser fruto de uma brincadeira. Eu tinha observado meu filho cobri-la com o cobertor dourado, conscienciosamente ele o puxara até seus ombros para esconder os magmas de plástico derretido e as películas de cinza, puxara o cobertor para esconder, para não ver, não ver mais os estigmas, queimados, da despreocupação de sua infância, que partia em fumaça. Ele demonstrara muito sangue-frio, muita coragem em meio ao sofrimento, mantendo um ar sério e compenetrado durante o interrogatório de sua mãe pelos policiais, e durante a bateria de exames feitos pelos médicos. Nem uma vez ele desabara, nem uma lágrima correra em seu rosto altivo e bem-comportado. O único sinal que deixava transparecer sua tristeza eram os braços esticados para enfiar os pequenos punhos cerrados no fundo dos bolsos, e o rosto que ficava sério e concentrado para comentar os acontecimentos.

– Que alvoroço, hein, Papai, a gente vai encontrar uma solução! A gente não pode ficar sem ela assim! Tem que dar um chute na bunda dessas trapalhadas desgraçadas! – ele declarara, tomando coragem para rachar o ar, com o pé, quando soube que a mãe ia ser internada.

Ao voltarmos para casa, de noite, só nós dois, no caminho pensei que ele tinha razão, no ponto em que estávamos não restava outra solução além de dar um pontapé na bunda da razão. Eu tinha lhe dito, para não acabrunhá-lo, para poupá-lo da terrível verdade, que a mãe poderia voltar um dia, mas os médicos haviam me anunciado o exato contrário; para eles, ela jamais poderia sair, seu estado ia piorar cada vez mais, aquele prédio deprimente – como ela o designara – era seu único futuro. Eu não tinha dito para ele que, para poupar a vida dos outros, ela devia morrer ali. Andando pela rua, naquela linda noite de primavera, com a mão de meu filho na minha, eu já não era o idiota feliz que sempre me gabei de ser, eu deixara a segunda parte de meu título voar para longe e desaparecer. Quando encontrei a mãe dele, tentei uma aposta, li todas as regras, assinei o contrato, aceitei as condições gerais e tomei conhecimento das contrapartidas. Não me arrependia de nada, não podia lastimar aquela doce marginalidade, aqueles fiaus eternos feitos diante da realidade, aquelas bananas dadas às convenções, aos relógios, às estações do ano, aquelas línguas tiradas para os disse me disse. A partir dali, não tínhamos outra escolha além de tascar um pontapé na bunda da razão, e para isso íamos acrescentar um aditivo ao contrato. Depois de anos de festas, viagens, excentricidades e extravagante alegria, eu me via mal explicando a meu filho que tudo tinha terminado, *que agora iríamos diariamente contemplar a mãe dele delirar num quarto de hospital, que Mamãe era uma doente mental e que era preciso esperar comportadamente até vê-la soçobrar. Menti para poder continuar o jogo.*

O estado de Louise era flutuante, nunca sabíamos de verdade como íamos encontrá-la, então, nosso garotinho ficava sempre muito angustiado antes de chegarmos. Os remédios lhe davam certa serenidade e a faziam recuperar parcialmente seu estado de antes, a encontrávamos gentilmente doida, como se não tivesse mudado. Mas às vezes, quando empurrávamos a porta, a encontrávamos em plena conversa com seus demônios, ela dissertava com fantasmas juntando as mãos para recitar salmos que compunha segundo seus próprios axiomas. Num abrir e fechar de olhos ela conseguira atrair para si a afeição dos outros pacientes e a simpatia do pessoal que cuidava dela, que aceitava todos os seus caprichos e a servia beijando seus pés, como uma marquesa. Nosso filho logo encontrou suas balizas naquele dédalo de corredores por onde iam à deriva almas perdidas sustentadas por corpos andando sem rumo. Criou para si um ritual de visitas, um percurso completamente irreal. Começava indo ouvir calado um esquizofrênico melômano, depois ia à cabeceira de uma ex-criminosa neutralizada por poderosos remédios. Eu aproveitava as ausências dele para preparar com sua mãe a operação de fuga que batizei de "Liberty Bojangles". Louise se mostrara muito entusiasmada e, justamente, observou que eu também teria um lugar privilegiado naquele edifício de malucos.

— Georges querido, bem que eu proporia a você dividir minhas pílulas, mas, sabe, hoje já engoli todas! Prometo que amanhã vou separar umas para você. Essa operação Liberty Bojangles não pode ser fruto de uma pessoa sã de espírito!

A operação Liberty Bojangles era o pontapé na bunda da razão que meu filho se propusera a dar. Eu não conseguia me resignar em terminar o romance que era nossa vida sem acrescentar um ponto final teatral. Devíamos oferecer a nosso filho uma conclusão à altura do que fora a narrativa, um rascunho fervilhante de surpresas, alegre e repleto de afeição. Louise desejara retomar por conta própria esse estratagema, considerando que seria uma maravilhosa coroação, que aquele sequestro seria o diadema que ela depositaria sobre sua cabeça para se tornar a rainha dos dementes. Desejava impressionar o filho uma última vez, simplesmente.

9

Defronte da nossa varanda, uns dez metros abaixo, havia um imenso pinheiro que sempre esteve lá. Quando às vezes passávamos as férias de inverno na Espanha, era esse pinheiro que servia de árvore de Natal. Meus pais e eu passávamos um dia inteiro a decorá-lo; usando uma escada, o vestíamos com guirlandas cintilantes, de luzes piscando, o salpicávamos de nuvens de algodão e, no alto, púnhamos uma estrela gigante. Era um pinheiro muito bonito, e era sempre um dia muito lindo. Mas, como todo mundo, ele cresceu, e desde o início de nosso esconderijo Mamãe não parava de praguejar contra aquela árvore que estragava a nossa vista, e dizia que por causa dela não víamos mais o lago, e que ela dava sombra na varanda, e que se um dia houvesse uma tempestade a árvore destruiria a casa, caindo sobre nossas cabeças, a tal ponto que, como quem não quer nada, uma bela manhã aquele pinheiro poderia se transformar em assassino. Falava disso toda vez que passava na frente dele, e, como o víamos de todas as janelas, falava disso o tempo todo. Papai e eu não tínhamos nenhum problema com o pinheiro, que não nos incomodava nem um pouco, para ver o lago bastava nos deslocarmos uns passos, mas para Mamãe se tornara uma obsessão. Porque a árvore estava no limite de nossa propriedade e não nos pertencia, Papai e eu fomos ver o prefeito do vilarejo a fim de pedir autorização para derrubá-la. Mas o prefeito não deixou que a cortássemos, dizendo que se todo mundo cortasse as árvores que atrapalhavam não haveria mais floresta. Voltando para casa, Papai me disse que concordava com o prefeito, mas que por causa de Mamãe aquela árvore nos prejudicava e precisávamos de qualquer maneira encontrar uma solução para a calma retornar ao lar. De fato, eu não sabia o que pensar, agradar Mamãe ou destruir a floresta era um problema muito complicado.

A não ser o Lixo, que sempre vinha passar suas férias de senador, para jogar babador comigo, para trabalhar pelo sucesso de sua vida enchendo o estômago e para torrar no terraço como de hábito, não recebíamos mais ninguém. Na primeira passagem dele, trouxe em seu carro Mademoiselle Supérflua. Chegou num estado de cansaço moral e físico muito avançado. Durante a viagem, Mademoiselle não parou de grasnar, de bater as asas e bicar as vidraças, transformando o assento num traseiro imenso depósito de merda. Para complicar ainda mais, ele tivera problemas na fronteira, os guardas da barreira averiguaram tudo, seus documentos, o carro, as bagagens, e tinham até recomeçado quando ele declarou ser senador, desconfiando de que fosse um impostor. Ao sair do carro, anunciou que não queria mais ver Mademoiselle nem pintada e que se dependesse só dele a poria para assar no espeto, para comê-la sozinho, acompanhada de uma boa garrafa de bourgueil. Mademoiselle, por sua vez, fugiu imediatamente para o lago e lá ficou o resto do dia, emburrada. Quando o Lixo voltava para Paris para ir trabalhar no Palácio do Luxemburgo, ficávamos só nós quatro, e isso era mais que o suficiente.

De vez em quando Papai ligava para a polícia para saber a quantas andava a investigação, punha no viva-voz e Mamãe ouvia o policial nos dizer que não a encontrara. Ríamos por dentro, tapando a boca com as mãos para não fazer barulho, enquanto Papai dizia com voz triste:

– É horrível, é incompreensível, ela tem que estar em algum lugar! Tem certeza de que não encontraram nem o início de uma pista?

Então o policial respondia, sempre muito constrangido, que a investigação estava se arrastando mas que continuavam a buscar. Toda vez que Papai desligava, eu exclamava:

– Se a investigação está se arrastando em Paris, eles não estão nem perto de chegar aqui! Já é longe de carro ou de avião, se arrastando, então, pode levar um tempão.

Meus pais riam imensamente.

Toda manhã, enquanto Papai e eu dormíamos, Mamãe ia se banhar no lago, em companhia de Mademoiselle. Mergulhava dos rochedos, depois boiava olhando o sol se levantar, enquanto Mademoiselle Supérflua nadava a seu redor, se esganiçando, ou tentando agarrar peixes com o bico, mas era sempre um fracasso. Com o tempo, Mademoiselle se tornara uma ave de salão, que comia latas de atum, ouvia música clássica, usava colares e participava dos coquetéis, e perdera o hábito daquelas coisas.

– Adoro olhar o céu ouvindo os sons aquáticos das profundezas, realmente tenho a impressão de estar em outro lugar, para começar o dia não há nada melhor! – dizia Mamãe ao voltar, antes de nos preparar um enorme café da manhã, com suco das laranjas colhidas nas árvores do jardim e mel que vinha das colmeias do vizinho.

Depois íamos fazer feira em todos os pequenos vilarejos das redondezas, cada dia um vilarejo, cada dia uma feira diferente. Eu sabia o nome de todos os feirantes, volta e meia davam-me frutas de graça, às vezes eram sacos cheios de amêndoas, que íamos comer sentados num rochedo ou na beira de uma calçada e que quebrávamos com pedras ou o calcanhar de nossos sapatos. Os peixeiros eram pródigos em conselhos para a preparação ou o cozimento. Os açougueiros nos indicavam receitas espanholas para preparar o porco com crosta de sal, para fazer maioneses com alho ou receitas ainda mais loucas de paella em que se punham o peixe, a carne, o arroz, os pimentões e todo o resto ao mesmo tempo. Depois íamos tomar café nas pracinhas brancas e douradas, Papai lia seus jornais rindo sozinho porque para ele o mundo era louco, e Mamãe me pedia para lhe contar histórias extraordinárias enquanto ela fumava cigarros, de olhos fechados e o rosto esticado para o sol, como um girassol. Quando eu estava sem ideias, falava de nossa vida de ontem ou de anteontem, acrescentando pequenas mentiras, o que quase sempre valorizava muito todas as minhas histórias imaginárias. Depois do almoço, deixávamos Papai se concentrar em seu romance, deitado na rede, de olhos fechados, e descíamos até o lago, para tomar banho quando estava quente, ou, quando o ar estava fresco, compor grandes buquês e jogar na água pedrinhas que ricocheteavam. Ao voltarmos, encontrávamos Papai, que tinha trabalhado bastante, com o rosto todo amassado e a cabeça cheia de ideias e redemoinhos. Púnhamos Bojangles na vitrola, aos brados, para o aperitivo, antes de preparar os grelhados para o jantar. Mamãe me ensinava a dançar ao som de rock, jazz, flamenco, pois conhecia passos e movimentos para todas as músicas festivas e empolgantes. Toda noite, antes de eu ir dormir, eles me autorizavam a fumar para fazer círculos com a fumaça. Então fazíamos concursos de rodelas de fumaça, olhando-as evaporarem-se no céu estrelado, alegrando-nos sempre a cada tragada com nossa nova vida de foragidos.

Infelizmente, algum tempo depois a mudança do cérebro de Mamãe recomeçou, a intervalos. Acessos furtivos de loucura que chegavam num piscar de olhos, assim, num detalhe, por vinte minutos, uma hora, e fugiam tão depressa como um raio. Depois, semanas a fio, mais nada. Durante seus episódios de loucura furiosa, já não era só o pinheiro a obsessão, tudo podia se tornar obsessão, de um dia para o outro. Um dia, eram os pratos, que ela quis trocar. Porque o sol a ofuscava ao refletir na porcelana, ela desconfiou que os pratos queriam nos cegar. Outro dia, quis queimar todas as suas roupas de linho porque lhe queimavam a pele, e viu placas nos braços, que na verdade eram inexistentes, e se coçou o dia todo, até sangrar. Outra vez, era a água do lago que tinha sido envenenada, simplesmente porque, com a chuva da noite, mudara de cor. E depois, no dia seguinte, ela ia se banhar, comia nos pratos de porcelana trajando um vestido de linho, como se nada fosse. Sistematicamente nos convocava como testemunhas e tentava nos demonstrar a realidade de seus delírios de obsessiva, e Papai sempre tentava acalmá-la, provar-lhe que se enganava, mas jamais a coisa funcionava. Ela ficava fora de si, berrava, gesticulava, nos olhava com um sorriso apavorante, nos repreendendo por nossa lucidez:

– Vocês não entendem, então não estão vendo nada? Está diante dos seus olhos e vocês ignoram!

Via de regra, não se lembrava do que tinha feito, então Papai e eu não falávamos sobre aquilo, fingíamos que nada tinha acontecido, pensávamos que não adiantava remexer a faca na ferida. Já era difícil o suficiente viver assim, não tínhamos vontade de reviver aquilo em palavras, uma segunda vez. Às vezes ela se dava conta de que tinha ido longe demais, que fizera e falara muita besteira, e então era pior, pois nesses momentos já não metia medo, mas simplesmente dava pena, muita pena. Depois, isolava-se para chorar de tristeza, tinha-se a impressão de que nunca mais ia parar, assim como quando a gente pega muita velocidade ao descer uma ladeira, suas tristezas vinham de muito alto, suas tristezas vinham de muito longe, ela não conseguia resistir. Sua maquiagem também não, também não resistia e ia embora em poeira, espalhava-se em seu rosto, saía de seus cílios e suas pálpebras, lambuzava suas faces redondas e fugia de seus olhos aflitos, tornando assustadora sua beleza. Depois da tristeza vinha a depressão, ela ficava sentada num canto, os cabelos sobre o rosto, a cabeça encolhida entre os ombros, mexendo nervosamente as pernas, respirando muito fundo para retomar fôlego, como depois de uma corrida de velocidade. Eu pensava que talvez ela tentasse, pura e simplesmente, ultrapassar sua tristeza. Papai e eu nos sentíamos totalmente inúteis diante desse quadro. Ele podia tentar consolá-la, falando-lhe suavemente para sossegá-la, e eu, por mais que lhe fizesse carinhos, não adiantava nada, naqueles momentos ela ficava inconsolável, não havia espaço para nós entre seus problemas e ela, o lugar era inexpugnável.

Para atenuar a amplitude e a duração das crises, uma tarde organizamos um conselho de guerra. Nós três na varanda determinamos com que armas íamos combater aquela grande desgraça. Papai sugeriu que Mamãe parasse de beber coquetéis o dia todo, a qualquer momento, porque pensava que não resolvia nada ter sede o tempo todo. Pois se ele não tinha certeza de que os coquetéis aceleravam a mudança, era evidente que não a faziam recuar. Mamãe aceitou, morrendo de pena, porque para ela os coquetéis eram uma verdadeira paixão. Mesmo assim, negociou um copo de vinho em cada refeição, dizendo que em tempo de guerra não era prudente tirar todas as suas munições.

Como uma prisioneira voluntária, ela nos pedira para trancá-la no sótão assim que a loucura começasse a dar o ar da graça. Afirmara que só no escuro podia ver seus velhos demônios no fundo dos olhos. Então, com imensa tristeza, Papai aceitara tapar todas as seteiras, varrera o pó, tirara as teias de aranha para instalar uma cama no sótão. Realmente, só mesmo sendo muito apaixonado para aceitar trancar a própria mulher naquele lugar infame, a fim de que ela se acalmasse. Toda vez que a loucura chegava, era um horror ver Papai subir com ela para o sótão. Mamãe berrava, e ele falava bem baixinho porque não podia falar de outra maneira. Eu tapava os ouvidos e, quando aquilo durava muito tempo, descia até o lago para tentar esquecer as porcarias que a vida nos despachava, mas às vezes, mesmo no lago ouvia os gritos de Mamãe, então cantava muito alto esperando que os gritos se tornassem cochichos. Uma vez ganha a batalha contra os demônios, o combate contra si mesma, ela batia na porta e saía vitoriosa do sótão, exausta e um pouco envergonhada também. Embora sempre ficasse cansada depois das crises no sótão, Mamãe nunca conseguia dormir de noite, então tomava uns soníferos. Pois quando dormia nenhum demônio ia atacá-la, e ela podia aproveitar o repouso da guerreira.

Como à noite Mamãe não podia mais tomar o aperitivo, Papai ia tomar o dele com o pinheiro. Enquanto bebia seu coquetel, despejava líquido tóxico e explosivo ao pé da árvore, que absorvia tudo sem desconfiar de nada. Quando lhe perguntei por que dividia seu aperitivo com o pinheiro, contou-me uma história que só ele podia inventar. Disse-me que tomava o aperitivo com a árvore para festejar sua partida, que breve a árvore ia ser solta, pois era esperada em outro lugar, em outra parte. Disse-me que fora contatado em segredo por piratas que precisavam do tronco para fazer um mastro para o navio deles. Como ele não era malvado, não queria cortá-lo com machado, então esperava que a árvore caísse sozinha, como uma árvore responsável.

– Essa árvore, sabe, vai sair da floresta para atravessar os mares, os oceanos, vai percorrer a terra inteira, vai viajar durante toda a sua vida, vai parar nos portos, vai desafiar as tempestades, vai se deixar levar tranquilamente, vestida com suas belas e velhas enxárcias, tendo no alto uma bandeira com uma caveira, uma grande carreira de corsário a espera, e garanto que será muito mais feliz e útil num navio do que aqui, perdida no meio dos seus, não servindo para nada! – ele me contara enquanto jogava um último gole de líquido caseiro, que ia entranhando nas raízes e no musgo a seus pés.

Eu ficava pensando de onde ele tirava todas essas histórias. Sabia muito bem que era para evitar que Mamãe se tornasse mais louca ainda que ele tomava o aperitivo com sua árvore, era, muito simplesmente, para suprimi-la do cenário. Mas ao imaginar a árvore no navio cruzando os mares do Caribe ou o mar do Norte com piratas a bordo para descobrir ilhas secretas, resolvi acreditar na história dele. Pois, como sempre, ele sabia contar belas mentiras por amor.

Quando não era prisioneira voluntária, Mamãe se mostrava cada vez mais atenciosa conosco. Toda manhã voltava de seu banho de lago com um pequeno buquê, que ela depositava nas nossas mesas de cabeceira, e às vezes o acompanhava de um bilhetinho, uma citação tirada de suas leituras ou então um de seus poemas lindamente compostos. Passava os dias nos braços de Papai, quando não me pegava nos seus. Toda vez que eu passava ao lado dela, me agarrava pela mão, me grudava contra seu peito, para me fazer ouvir seu coração e me cochichar elogios, me falar de quando eu era bebê, da festa que tinham feito no quarto da clínica para celebrarem minha chegada, das reclamações dos outros pacientes por causa da música e do barulho a noite toda, das noites inteiras que passara dançando devagarinho para me ninar, de meus primeiros passos para tentar pegar os tufos de Mademoiselle, de minha primeira mentira acusando Mademoiselle de ter feito xixi na minha cama ou de sua alegria de simplesmente estar comigo. Nunca antes tinha me dito coisas assim, e eu adorava que me contasse histórias que eu não lembrava, embora em seus olhos, às vezes, houvesse mais melancolia que alegria.

No dia de São José, os moradores do vilarejo organizavam uma grande festa que durava o dia todo. Pela manhã, começavam vestindo com ramos de flores uma imensa Virgem Maria de madeira, era mesmo fantástico. As famílias chegavam com os braços carregados de ramos de rosas, vermelhas e brancas. Colocavam-nas ao pé da imagem e, pouco a pouco, os organizadores lhe construíam um vestido vermelho com motivos brancos e uma capa branca com motivos vermelhos; realmente, só vendo para crer. De manhã, tinha somente a cabeça sobre um esqueleto de madeira, e de noite, a Virgem Maria estava vestida e perfumada para fazer a festa, como todo mundo. Durante o dia inteiro havia petardos que explodiam para todo lado, o vale roncava, no início eu levava susto, lembrava a guerra, que nem no cinema, mas ninguém parecia se preocupar. Papai me dissera que os espanhóis eram os guerreiros da festa, e eu gostava desse gênero de combate com flores, fogos e sangria. No correr do dia, as ruas do vilarejo se enchiam de famílias vestindo trajes tradicionais, vinham pessoas de todo o vale e até de mais longe ainda. Do avô à neta, todos se fantasiavam como no início do século passado, até os bebês tinham direito à sua túnica de rendas coloridas, era magnífico. A fim de fazermos a guerra na festa, Mamãe nos comprara umas roupas para que nos misturássemos à paisagem e aderíssemos aos costumes. Ao contrário da roupa de marinheiro americano, eu ficava feliz em pôr meu colete brilhante, minha calça bufante e meus mocassins brancos, porque a gente nunca fica ridículo quando se veste igual a todo mundo. Mamãe tinha domesticado seus cabelos loucos dentro de um lenço de renda preta e se enfiado num belo vestido balão como o das rainhas nos livros de história. Ela sentia tanto calor dentro de seu traje que abanava sem parar o leque de pano preto com umas borboletas em cima, e o agitava tão depressa que a gente tinha a impressão de que elas podiam levantar voo a qualquer momento. De tarde, as ruas estavam repletas de espanhóis fantasiados que desfilavam com reverência, porque para eles a festa também era algo sério. Mostravam-se orgulhosos e alegres, e pensei que, com fiestas assim, tinham todas as razões de sê-lo.

Quando caía a noite, as ruas se iluminavam com fogueiras, tochas para clarear as danças e a algazarra. Na praça da igreja, ao pé da Virgem Maria, os moradores preparavam uma paella tão gigantesca que precisavam de pás compridas de madeira para mexer o arroz que cozinhava no meio. Todo mundo se servia, numa tremenda balbúrdia, e ia se sentar de qualquer jeito nas mesas e nos bancos, todo mundo se misturava, porque a paella é como a festa, uma mistura sábia de tudo e de qualquer coisa. Para festejar o fim da refeição, organizavam fogos de artifício que partiam de todo lado, dos telhados das casas, das montanhas no horizonte, dos barcos no lago, aquilo explodia de todas as partes, os muros do vilarejo ficavam com as cores dos buquês de relâmpagos, e no final o céu estava tão claro e abarrotado de luzes que era possível imaginar estar em pleno dia. Por um curto instante a noite se dissipava de vez, para participar, a seu jeito, daquela guerra alegre, e foi nesse momento que vi lágrimas correrem sob a mantilha de Mamãe, lágrimas contínuas que desciam direto, escorregando por suas faces pálidas e cheias, passando pela beira de seus lábios para irem se jogar no chão, tomando um último impulso no queixo trêmulo e altivo.

Depois dos fogos de artifício, uma bela senhora alta, vestida de vermelho e preto, subiu a escadaria da igreja para cantar melodias de amor com sua orquestra. Para cantar mais alto, ela acompanhava as palavras pelo ar, esticando os braços para o céu, e suas canções eram tão bonitas que a gente ficava pensando se ela não ia começar a chorar para interpretá-las melhor. Depois, começou a entoar canções alegres que todo mundo aplaudia no ritmo, dançando, e o ambiente era eletrizante e mágico. Como marionetes, as silhuetas rodopiavam a ponto de perder a cabeça; como piões, os vestidos giravam numa bruma de cores misturadas; como bonequinhos, os dançarinos se moviam saltitando sobre suas sapatilhas. Com seus iluminados trajes de renda, a pele morena e os grandes olhos pretos, as meninas pareciam bonecas de museu, eram incrivelmente bonitas, uma em especial. Não parei de olhar para ela, não conseguia olhar para outra coisa que não fosse o seu coque, sua fronte larga, seus olhos perdidos e suas faces rosadas. Ela estava ali, bem na minha frente, sentada num banco, abanava suavemente o leque, sorrindo insolente, e no entanto eu tinha a impressão de que ela estava no outro extremo do mundo. De tanto olhar para ela, nossos olhares acabaram se cruzando, e fiquei petrificado, imóvel como um marabu, sentindo dentro do corpo um longo e doce arrepio.

Pouco antes da meia-noite, a multidão se afastou da escadaria para abrir espaço para uma pista de dança redonda. Os casais desfilavam, um a um, para dançar diante da cantora e de sua orquestra. Havia casais de velhos que dançavam com seus ossos frágeis e toda a sua experiência, para eles a dança era quase uma ciência, seus gestos eram seguros e milimetrados, davam a impressão de que só sabiam fazer isso, dançar e dançar de novo, e todos aplaudiam para felicitá-los. Os casais jovens passavam para mostrar seu balanço ritmado, iam tão depressa que, a certa altura, a gente podia acreditar que suas roupas de cores vivas iam se incendiar. Ao dançar, cada casal se devorava com os olhos, numa curiosa mistura de dominação e admiração e, acima de tudo, com ardente paixão. E depois, havia também os casais intergeracionais, e aí era realmente muito bonitinho. Os garotos dançavam com a avó, as garotas com o pai, tudo meio desajeitado, atrapalhado e meigo, mas era sempre com seriedade, dedicação e atenção, e só por isso já era bonito de ver, então todos aplaudiam para encorajá-los. E depois, de repente, vi Mamãe sair de lugar nenhum e ir para o meio da pista, saltitando, com uma das mãos no quadril e a outra oferecida ao meu pai. Embora parecesse segura de si, realmente senti muito medo e pensei que eles não tinham o direito de errar. Papai entrou na arena, com o queixo erguido, e a multidão se acalmou, por curiosidade, a fim de observar os únicos estrangeiros da noite dançar. Depois de um silêncio que durou uma eternidade, a orquestra tocou e meus pais começaram a dançar suavemente, girando um em torno do outro, a cabeça ligeiramente baixa e olhos nos olhos, como se estivessem se examinando, se familiarizando. Para mim, era ao mesmo tempo bonito e angustiante. Depois, a dama alta de vermelho e preto começou a cantar, as guitarras se enervaram, os címbalos começaram a se agitar, as castanholas a estalar, minha cabeça a rodar e meus pais a voar. Eles voavam, meus pais, voavam um ao redor do outro, voavam com os pés no chão e a cabeça no ar, voavam de verdade, aterrissavam bem devagarinho e depois decolavam de novo como turbilhões impacientes e recomeçavam a voar com paixão, numa loucura de movimentos incandescentes. Era uma prece de movimentos, era o início e o fim ao mesmo tempo. Dançavam de perder o fôlego, enquanto eu prendia o meu para não perder nada, não esquecer nada e me lembrar de todos esses gestos loucos. Puseram toda a sua vida naquela dança, e isso a multidão entendeu muito bem, então as pessoas aplaudiram como nunca, porque para estrangeiros eles dançavam tão bem quanto os outros. Foi sob uma explosão de aplausos que eles cumprimentaram a multidão, os aplausos ressoavam por todo o vale, só para meus pais, e recomecei a respirar, estava feliz por eles, e exausto como eles.

Enquanto meus pais tomavam sangria com os moradores do vilarejo, afastei-me para saborear aquele momento e observá-los aproveitando sua nova glória. Sentado num banco, bebericando um copo de leite, vasculhei toda a gente com o olhar, para ver se minha boneca espanhola estava em algum canto. Como todas as meninas estavam vestidas da mesma maneira, eu tinha a impressão de vê-la por todo lado, mas não a encontrava em lugar nenhum. Finalmente, um pouco depois foi ela que veio me ver. Chegou de surpresa, tirando da multidão seu rosto escondido atrás do leque, e andando devagarinho, como num romance, levada por seu vestido fofo e flutuante. Falou comigo sem me encarar, num espanhol que eu praticamente não entendia. Ela falava, tirava as palavras da garganta enrolando-as, fazendo a língua estalar contra o palato, e eu olhava para ela como um bobo, de boca aberta e olhos arregalados, como um peixe que engole ar. Sentou-se ao meu lado e continuou a falar muito, falava por dois, porque via muito bem que eu não era capaz de falar nada. Não fazia perguntas, isso se sentia em sua entonação, ela conversava olhando às vezes para minha cabeça de peixe, e era muito bom assim. Dividia comigo suas impressões e o ar de seu leque, calava-se um pouco, sorria e recomeçava, parecia não querer parar, e era perfeito porque ninguém lhe pedia para parar. No meio de uma frase inclinou-se para depositar um beijo em meus lábios, como se fôssemos casados. E eu, eu fiquei parado que nem um pateta, fiquei ali, sem mexer um cílio, era realmente uma bobagem ser tão inútil assim. Depois ela riu e foi embora, virando-se duas vezes para ver minha cabeça de peixe recém-pescado.

Quando, ao voltar para casa, fui dormir, depois de apagar a luz, ouvi a porta abrir devagarinho, vi a silhueta de Mamãe se aproximar em silêncio. Deitou-se ao meu lado, delicadamente, e me abraçou. Pensava que eu estava dormindo, então falava baixinho para não me acordar. De olhos fechados, a ouvi cochichar. Senti sua respiração tépida em meus cabelos e a pele doce de seu polegar acariciando minha face. Ouvi quando me contou uma história muito banal. A história de um garoto encantador e inteligente que era o orgulho dos pais. A história de uma família que, como todas as famílias, tinha seus problemas, suas alegrias, suas tristezas, mas que mesmo assim se amava muito. De um pai formidável e generoso, com olhos azuis que reviravam e eram curiosos, que tinha feito tudo na alegria e no bom humor para que a vida deles se passasse da melhor maneira possível. Mas infelizmente, bem no meio desse doce romance, uma doença louca se apresentara para atormentar e destruir aquela vida. Com soluços na voz, Mamãe murmurou para mim que tinha encontrado uma solução para resolver aquela maldição. Cochichou que era melhor assim, então acreditei nela, de olhos fechados, fiquei aliviado ao ouvir que íamos reencontrar a nossa vida de antes da loucura. Senti seus dedos desenharem um sinal da cruz na minha testa e seus lábios úmidos darem um beijo no meu queixo. Assim que Mamãe saiu, adormeci, confiante e sereno, pensando na nossa vida do dia seguinte.

10

Na manhã seguinte, em cima da mesa da varanda, em meio aos canecos, à cesta de pão e aos vidros de geleias, imperava um magnífico buquê de mimosas, ramos de lavanda, alecrim, papoulas, margaridas multicores e muito mais. Ao me aproximar do parapeito para ver o lago, vi Mamãe boiando como todo dia, vestindo sua túnica branca. Mamãe flutuava dentro de seu invólucro branco, os olhos para o céu e os ouvidos à escuta dos sons das profundezas, pois para começar o dia ela pensava que não havia nada melhor. Ao me virar, vi Papai olhando o buquê com ar feliz e satisfeito. Mas ao se sentar, ele observou, à sombra das flores, uma caixa de soníferos com todas as cápsulas abertas e vazias. Olhou-me nos olhos de um jeito curioso, levantou-se e começou a correr em direção ao lago, na velocidade da luz, e fiquei plantado ali, paralisado dentro de meu pijama, sem querer entender o drama que tinha acontecido lá embaixo. Eu olhava Papai correr, eu olhava Mamãe boiar, eu olhava Papai se aproximar do corpo de Mamãe, que estava à deriva. Olhei-o mergulhar, todo vestido, para alcançar Mamãe a nado, vi Mamãe se afastar suavemente da beira, com os braços em cruz dentro de sua roupa de noite de tecido branco.

Depois de tirar Mamãe do lago, Papai a pousou sobre as pedrinhas. Tentou reanimá-la, tocou-a em muitos lugares, apertou seu peito como um louco, tentou fazê-la reviver, beijou-a para lhe passar seu ar, mostrar-lhe seu amor e seus sentimentos. Já não me lembro de ter descido, no entanto me vi a seu lado, segurando a mão gelada de Mamãe, enquanto ele continuava a beijá-la e a falar com ela. Falava-lhe como se ela ouvisse, falava-lhe como se ela vivesse, dizia-lhe que não era grave, que a compreendia, que ia dar tudo certo, que ela não devia se preocupar, que era um mau momento que estava passando, que breve iriam se reencontrar. E Mamãe olhava para ele, deixava-o falar, sabia muito bem que tudo estava terminado, que ele contava mentiras. Então os olhos de Mamãe continuavam abertos para não o entristecer, porque certas mentiras são sempre preferíveis à verdade. Eu tinha entendido muito bem que estava terminado, compreendi o sentido das palavras que ela pronunciara na minha cama. E chorava, chorava como nunca, porque me recriminava por não ter aberto os olhos no escuro, chorava porque lamentava não ter entendido mais cedo que sua solução era desaparecer, nos dizer adeus, ir embora para não nos chatear mais com suas crises do sótão, para não nos fazer mais sofrer com suas obsessões, seus gritos e seus berros que não acabavam mais. Chorava por ter compreendido tarde demais, simplesmente. Se pelo menos eu tivesse aberto os olhos, se tivesse lhe respondido, se a tivesse segurado para que ela dormisse comigo, se tivesse lhe dito que, com ou sem loucura, ela estava muito bem assim, certamente ela não teria feito isso, certamente não teria ido se banhar pela última vez. Mas eu não tinha feito nada, dito nada, então ela estava ali, com o corpo frio e os olhos no vazio, escutando nossa dor, sem ver nossos olhos cheios de lágrimas e pavor.

Ficamos muito tempo, nós três, à beira do lago, tanto tempo que os cabelos e a roupa de linho branco de Mamãe tiveram tempo de secar totalmente. Com o vento, seus cabelos se agitavam levemente, com o vento seu rosto tornava a estar vivo. Ela olhava o céu para onde partira, seus olhos perdidos com seus longos cílios, a boca entreaberta e os cabelos ao vento. Ficamos muito tempo, nós três, na beira do lago, porque ainda era assim que nos sentíamos melhor, os três juntos, olhando o céu. Papai e eu ficamos em silêncio, tentando perdoá-la por sua escolha errada, tentando imaginar a vida sem ela, quando na verdade ela ainda estava ali, aninhada em nossos braços, com o rosto ao sol.

Ao subirmos, Papai acomodou Mamãe numa espreguiçadeira e fechou seus olhos, pois eles não serviam mais para nada. Chamou o médico do vilarejo, só para as formalidades, porque já conhecíamos a verdade e não havia mais nada a tratar. Conversaram longamente, afastados, enquanto eu observava Mamãe deitada, de olhos fechados, um braço caindo de lado e o outro sobre suas costelas como se estivesse se bronzeando. Depois Papai veio me dizer que Mamãe tinha morrido porque engolira água, que se afogara porque perdera pé, ele não sabia muito o que dizer, então contava qualquer bobagem. Mas eu, eu sabia perfeitamente que ninguém comia uma caixa inteira de soníferos para dormir, quando acabava justo de acordar. Compreendia muito bem que ela queria dormir para sempre, pois só dormindo conseguia afastar seus demônios e nos poupar de seus momentos de demência. Queria ficar tranquila o tempo todo, simplesmente. Decidira isso, e embora fosse uma triste solução, pensei que ela tinha suas razões e que era preciso aceitá-las contra tudo e contra todos, e mais ainda porque já não tínhamos nenhuma escolha.

O médico deixou Mamãe conosco para uma última noite, para que a gente se despedisse, dissesse adeus, falasse com ela uma última vez, ele viu muito bem que não tínhamos lhe dito tudo, que não podíamos nos separar assim. Então foi embora, depois de ajudar Papai a instalá-la em sua cama. E essa noite foi a mais longa e a mais triste de toda a minha vida, pois eu realmente não sabia o que lhe dizer e, sobretudo, não tinha a menor vontade de lhe dizer adeus. Mas mesmo assim fiquei ali, por Papai, sentado em minha cadeira, e o observei falando com ela, penteando-a e chorando com a cabeça recostada em seu ventre. Ele lhe dirigia críticas, lhe agradecia, a desculpava, apresentava-lhe suas desculpas, às vezes tudo isso na mesma frase porque realmente não tinha tempo de agir de outra maneira. Aproveitou essa última noite para ter a conversa de toda uma vida. Estava furioso com ela, com ele, sentia tristeza por nós três, lhe falava de nossa vida de antigamente e de todas essas coisas que não faríamos, de todas essas danças que já não dançaríamos. E embora ele estivesse confuso, eu entendia tudo o que dizia, porque sentia as mesmas tristezas, sem conseguir pronunciá-las, minhas palavras esbarravam nos meus lábios fechados e ficavam bloqueadas na minha garganta apertada. Eu só tinha pedaços de lembranças que se empurravam, nunca lembranças inteiras, logo substituídas por outras, porque a gente não consegue se lembrar de toda uma vida numa só noite, era impossível, era matemático, Papai teria dito em outras circunstâncias. E depois, o dia raiou, suavemente expulsou a noite, e Papai fechou as janelas para prolongá-la, porque estávamos bem no escuro, com Mamãe, não queríamos aquele novo dia sem ela, não podíamos aceitá-lo, então ele fechou as janelas para que o dia esperasse.

De tarde, pessoas bem vestidas, com ternos pretos e cinza, foram buscar o cadáver de Mamãe. Papai me dissera que eram coveiros e que a profissão deles era fazer semblantes tristes para tirar os mortos de casa, fingindo estarem infelizes. E embora eu tivesse achado muito incomum a profissão deles, fiquei contente de poder dividir minha tristeza com eles, por um instante. Nunca somos numerosos o suficiente para carregar uma desgraça dessas. Depois Mamãe foi embora, pegou a estrada sem cerimônia, para esperar até o enterro num lugar especialmente previsto para isso. Papai me explicara que não se podia guardar os mortos em casa por motivos de segurança, mas não entendi direito por quê. Naquele estado, ela não corria o risco de fugir, e além disso já a tínhamos sequestrado uma vez, e afinal de contas não íamos fazer aquilo novamente. Havia regras para os vivos mas também para os mortos, era esquisito mas era assim.

Para dividir nossa tristeza, Papai pediu ao Lixo para tirar férias longas improvisadas. Ele chegou no dia seguinte, com seu charuto apagado e sua tez pálida. Caiu nos braços de Papai e começou a chorar, eu nunca tinha visto seus ombros tremerem assim, chorava tanto que o bigode ficou cheio de ranho e os olhos vermelhos, superando tudo o que se podia imaginar. Viera dividir nossa tristeza e, afinal, chegara com a dele, era muita tristeza no mesmo lugar, então, para afogá-la, Papai abriu uma garrafa de um líquido tão forte que eu não o teria despejado nem sequer ao pé do pinheiro para derrubá-lo.

Papai me fez cheirá-lo e aquilo me queimou todos os pelos do nariz, mas eles o ficaram bebendo o dia todo, a grandes goles. E eu os olhava beber e conversar, depois beber e cantar. Só falavam de lembranças alegres, riam, e eu ria com eles porque a gente não pode ficar infeliz o tempo todo. Depois, o Lixo caiu da cadeira feito um saco, Papai também caiu, ao tentar levantá-lo, porque o Lixo era um pacotão difícil de manipular. Riam às gargalhadas andando de quatro, Papai tentava se agarrar na mesa e o Lixo procurava os óculos, que tinham caído de suas orelhas-camarões, ele vasculhava o chão com o nariz, como fazem os javalis. Eu nunca tinha visto uma cena daquelas, e quando fui me deitar pensei que, com certeza, Mamãe iria adorá-la. Ao me virar, vi no escuro, sem realmente acreditar, o fantasma de Mamãe sentado no parapeito, aplaudindo e rindo loucamente.

Durante toda a semana que precedeu o enterro, Papai me deixava com o Lixo durante o dia e vinha cuidar de mim de noite. De dia, ficava trancado em seu escritório para escrever um novo romance e de noite vinha me fazer companhia. Nunca dormia. Bebia sempre seus coquetéis na garrafa e acendia o cachimbo para ficar acordado. Não parecia cansado, não parecia infeliz, parecia concentrado e alegre. Continuava a assobiar, mal, cantarolava igualmente mal, mas, como tudo o que é feito de bom coração, era suportável. O Lixo e eu tentávamos nos ocupar como podíamos, ele me levava para passear em volta do lago, fazíamos competição de ricochetes, ele me falava com humor de sua profissão no Palácio do Luxemburgo, brincávamos de babador, mas tudo estava meio triste, nada vinha do coração. Os passeios sempre eram longos demais, os ricochetes sempre curtos demais, o humor não fazia propriamente rir, só sorrir, e as amêndoas e as azeitonas sempre caíam ao lado ou batiam em nossas testas e em nossas bochechas, sem alegria nem felicidade. Quando à noite Papai vinha cuidar de mim, sussurrava histórias nas quais nem ele parecia acreditar. E de manhã, quando o sol ainda não tinha se levantado totalmente, ele continuava ali, sentado em sua cadeira a me olhar, com o cachimbo aceso iluminando ligeiramente seu olhar tão especial.

Os cemitérios espanhóis não são como os outros cemitérios. Na Espanha, em vez de sufocar os mortos sob uma grande laje de pedra e toneladas de terra, guardam os mortos dentro de imensas cômodas com grandes gavetas. No cemitério do vilarejo, havia fileiras de cômodas e pinheiros para protegê-las do calor do verão. Eles guardavam seus mortos em gavetas, assim era mais simples para ir vê-los. O padre do vilarejo viera celebrar a cerimônia, foi muito gentil e estava muito elegante dentro de sua batina branca e dourada. Em sua cabeça só havia uma mecha de cabelos, que ele enrolara em volta de todo o crânio para parecer menos velho. A mecha era tão comprida que saía do meio da testa e fazia a volta toda, para acabar presa atrás de uma orelha, e o Lixo, Papai e eu nunca tínhamos visto um penteado daqueles. Os homens de terno tinham chegado, com sua tristeza profissional, dentro do belo carro fúnebre, trazendo no porta-malas Mamãe em seu caixão. Mademoiselle viera, para aquela ocasião lhe cobri a cabeça com uma mantilha de renda preta, e ela ficou bem-comportada, o pescoço muito reto e o bico esticado para baixo. Quando tiraram Mamãe para colocá-la na frente do padre e de sua futura gaveta, o vento soprou bruscamente, e acima de nossas cabeças os galhos dos pinheiros começaram a dançar, esfregando-se uns nos outros. Então começou a missa, o padre rezou em espanhol e nós o imitamos em francês. Mas com o vento, sua mecha se soltava o tempo todo, voava em todas as direções, ele tentava pegá-la e levá-la para trás da orelha, e com isso já não estava nem um pouco concentrado. Rezava, parava para procurar sua mecha no ar, com a mão, recomeçava a rezar com ar distraído e a mecha de novo alçava voo. Suas orações eram picadas, e seu crânio arejado, realmente não se entendia mais nada. Papai se inclinou para o Lixo e para mim e nos disse que aquela antena de cabelos lhe permitia ficar em contato permanente com Deus, e que com o vento ele não conseguia mais captar a mensagem divina. Então, com essa aí, já não foi possível ficar sério, Papai começou a abrir um grande sorriso, contente consigo mesmo, porque histórias assim, só mesmo ele para contá-las. O Lixo começou a rir; nada mais conseguia segurá-lo, ele rolava de rir, retomava fôlego dando grandes suspiros. E eu o acompanhava, incapaz de resistir àquela onda de riso e de alegria realmente nada apropriada a um enterro. No início, o padre olhou para nós espantado, com a mão na cabeça para bloquear sua antena de cabelos e interromper sua mensagem com Deus. A gente não conseguia parar de rir, e mal começávamos a nos acalmar, nos olhávamos e recomeçávamos, então, acabamos tapando os olhos, para recuperarmos a seriedade. O padre estava consternado, olhava para nós estranhamente porque, com certeza, nunca tinha visto antes um enterro assim. No momento de guardar Mamãe em sua gaveta, pusemos para tocar o disco de Bojangles e, aí, foi muito emocionante. Pois aquela música era como Mamãe, triste e alegre ao mesmo tempo, e Bojangles ecoava nos bosques, enchia todo o cemitério, com suas notas de piano que volteavam nos ares fazendo as palavras da letra dançarem na atmosfera. Era longa aquela canção, tão longa que tive tempo de ver o fantasma de Mamãe dançar ao longe nos bosques, batendo palmas como antigamente. As pessoas assim nunca morrem totalmente, pensei sorrindo. Antes de ir embora, Papai colocou uma placa de mármore branco sobre a qual mandara gravar: "A todas aquelas que você foi, amor e fidelidade para a eternidade". E eu nada teria acrescentado, pois dessa vez era a verdade.

Quando acordei, no dia seguinte, Papai não estava mais na cadeira, no cinzeiro ainda havia a brasa de seu fumo perfumado, e no ar a fumaça de seu cachimbo, numa nuvem, se dissipando. No terraço, encontrei o Lixo com os olhos no vazio e o charuto enfim aceso. Explicou-me que Papai fora encontrar Mamãe, que se metera nos bosques, logo antes que eu me levantasse, para que eu não o visse. O senador me disse que ele não voltaria, que nunca mais voltaria, mas isso eu já sabia, a cadeira vazia tinha me dito. Compreendi melhor por que ele estava feliz e concentrado, pois estava preparando a partida para ir se juntar à Mamãe, para uma longa viagem. Eu não podia propriamente zangar-me com ele, aquela loucura também lhe pertencia, só podia existir se fossem dois para carregá-la. E eu, eu teria de aprender a viver sem eles. Ia poder responder a uma pergunta que me fazia o tempo todo. Como fazem as outras crianças para viver sem meus pais?

Sobre sua mesa, Papai deixara todos os seus caderninhos. Dentro, havia toda a nossa vida como num romance. Era realmente extraordinário, ele escrevera todos os nossos momentos, os bons e os ruins, as danças, as mentiras, os risos, as lágrimas, as viagens, os impostos, o Lixo, Mademoiselle e o cavaleiro prussiano, Bolha de Ar e Sven, o sequestro e a fuga, não faltava nada. Descrevera as roupas de Mamãe, suas danças loucas e sua paixão pelo álcool, suas irritações e seu belo sorriso, suas faces cheias, seus cílios compridos que batiam ao redor dos olhos ébrios de alegria. Lendo seu livro, eu tinha a impressão de tudo reviver uma segunda vez.

Chamei seu romance "Esperando Bojangles", porque o esperávamos o tempo todo, e o enviei a um editor. Ele me respondeu que era engraçado e bem escrito, que não tinha pé nem cabeça e que era por isso que queria editá-lo. Então, o livro de meu pai, com suas mentiras pelo direito e pelo avesso, encheu todas as livrarias da terra inteira. As pessoas liam Bojangles na praia, na cama, no escritório, no metrô, viravam as páginas assobiando, o colocavam sobre a mesa de cabeceira, dançavam e riam conosco, choravam com Mamãe, mentiam com Papai e comigo, como se meus pais continuassem vivos, era, realmente, inacreditável, porque a vida costuma ser assim, e é muito bom que seja assim.

11

— Olhe esta capela, Georges, está cheia de pessoas que rezam por nós! — ela exclamara no edifício vazio.

Depois, saltitando na nave central, amarrara seu xale em volta do pescoço para transformá-lo em véu de noiva. Ao fundo, o grande vitral multicolorido, trespassado pelo sol que se levantava, difundia uma luz mística no centro da qual rodopiava a poeira numa valsa intemporal, um turbilhão que pairava bem acima do altar.

— Juro perante Deus todo-poderoso que todas as pessoas que eu sou te amarão eternamente! — ela recitara, com meu queixo entre suas mãos, para melhor hipnotizar, com seus olhos verde-mar, meus olhos enfeitiçados.

— Prometo perante o Espírito Santo amar e gostar de todas essas que você será, dia e noite, acompanhá-la por toda a sua vida e acompanhá-la para onde você for — eu respondera, pondo minhas mãos em suas faces redondas, inchadas por um sorriso transbordando renúncia.

— Jura perante os anjos que me seguirá por todo lugar, por todo lugar mesmo?

— Sim, por todo lugar, por todo lugar mesmo!

Este livro foi composto com tipografia Adobe Garamond Pro e
impresso em papel Off-White 80 g/m² na Formato Artes Gráficas.